目次

銀朱の花II　空の青　森の緑
第一章　白銀の花……9
第二章　麦月の朔……85
第三章　聖なる印……171
あとがき……253

両親を失い、下女と扱われていたエンジュを、国王の使者が「聖なる乙女」として迎えに来た。ただひとつ「過去を捨てる」という条件を掲げて。エンジュは命を捨てる覚悟で旅立つが、待っていた運命は黒の獅子王カウルの妻となることだった。なにも知らされぬまま王妃となったエンジュは、戸惑い、自身を籠の鳥のように感じるようになってしまう。そして彼女は、カウルにとって必要なのは「エンジュ」ではなく「聖なる乙女」だと考えて、哀しみの中で自らを傷つけた。結果、エンジュは王宮を離れることになる。それから三年。エンジュのもとへカウルが訪れる。再び共にあることを願うために——。

❖銀朱の花❖　登場人物紹介

カウル
国王。意思の食い違いから、一度はエンジュを手放すが…。
エンジュ
二色の瞳を持つ少女。「聖なる乙女」として、カウルの妻となったが…。
リアネージェ
セネドラ王国の王女。

イラスト／藤井迦耶

銀朱の花II

空の青　森の緑

朱雀《すざく》一年麦月《むぎつき》の朔《ついたち》、黒獅子《くろじし》、聖痕《せいこん》の乙女を娶《めと》る。
これ即《すなわ》ち、王国の繁栄の礎《いしずえ》。
神の約束なり。

第一章　白銀の花

1

朱雀《すざく》五年、風月《八月》の二十日。

二十七歳の誕生日を迎えたその日、黒の獅子《しし》王カウルは朝から落ち着かなかった。

朝食のテーブルにつくなり、給仕を下がらせたのは人の気配が煩《わずら》わしく思えてならなかったからだ。

食欲が湧《わ》かないのは、夏も盛りだからだと自分に言い訳し、冷たい牛乳を一口啜《すす》り、重いため息を漏《も》らす。

物憂《ものう》げな様子で焼きたてのパンを取り、今日の予定を頭の中で確認する。

国王の誕生日は、祝祭日とされている。

国を挙げての休日ではあるが、大掛かりな祝い事はない。

国王の居城、鳳凰城《ほうおうじょう》でいくつかの記念行事があるぐらいだ。

夏の盛りに生まれたカウルの誕生日は、忙しい農繁期《のうはんき》のよい息抜きになっていた。

多くの国民は、涼しい水辺や木陰に涼を求めて家族で出かけるのが、この数年の過ごし方として定着しつつある。

そのなか、当の本人である国王は忙しいとまでは言わないものの、自分の名前で催《もよお》されるいくつかの行事に、いまからうんざりしていた。

午前中は聖堂に赴《おもむ》き、ありがたい教えと祝福を受ける。昼食の後、御前試合。夜は祝賀会。

行事自体はこれだけだったが、国王の誕生日を祝ってのものともなれば、式次第が複雑な上、国外からの客も多く、疲れる一日になることは目に見えている。

だがこの朝、カウルを憂鬱《ゆううつ》にするのは形式ばった行事や気の抜けない外交ではなかった。

水月《七月》の終わりにようやく取り付けた「約束」の期日が今日だった。

「約束」が履行《りこう》されることを、カウルは心の底から願っていた。

だが、心のどこかでそれを信じきれずにいた。

それは漠然《ばくぜん》とした不安となり、彼の心を重くする。

その重苦しさに、カウルは朝から何度ため息を吐いたことだろう。

黒獅子《くろじし》の別称どおり、行動力に富み雄々しく凜々《りり》しいと評される若き国王の、もう一つの素顔だった。

今朝のパンは、上質なバターをふんだんに使い上品な甘さが特徴だった。

だが、物思いにふけるカウルには、味などわかるはずがなかった。

栄養補給の一環として、機械的に咀嚼《そしやく》し、スープや牛乳で無理矢理胃袋《いぶくろ》に流し込む。

その食事風景を目にしたら、料理人はきっと自信を喪失《そうしつ》するに違いない。

そんなカウルの耳に、ドアをノックする音が届いた。

「なんだ？　余は人払いをしたはずだが」

不機嫌《ふきげん》な声で尋《たず》ねると、若い侍従《じじゅう》が硬い声で答える。

「申し訳ございません。シェリダン卿《きょう》が訪ねていらしたのですが、いかがいたしましょう」

幼馴染《おさななじ》みでもあり、無二の親友でもある騎士の名前に、カウルの表情が生き生きとしたものに変わった。

カウルは返事をする代わりに立ち上がると、自《みずか》らドアを開き、声を張り上げる。

「シェリダン、遅いぞ！」

案内の女官をその場に残し、黒いマントを翻《ひるがえ》し聖十字星章を胸に飾った正装で、国王の腹心は苦笑を隠さずにやってきた。

「陛下《へいか》、今日の佳《よ》き日にご尊顔《そんがん》を拝し奉《たてまつ》る栄に浴し、騎士シェリダン、歓喜の念に耐えません」

食事室の扉の前で大袈裟《おおげさ》な口上を述べる親友をじろりとにらみ、カウルは無愛想《ぶあいそう》に呟《つぶや》いた。

「冗談はいいから、さっさと中に入れ。食事は？」

シェリダンが笑うのを尻目に、カウルは侍従に一人分追加するように言いつけ、親友に中に入るよう顎《あご》で促《うなが》した。

「こんな朝っぱらからやってきたからには、空手《からて》というわけではないだろうな？」

「陛下に剣を捧げた騎士として、誰よりも先に誕生日のお祝いをと、やってまいりましたが？」

「とぼけるな。いままでの付き合いでおまえがそんな殊勝《しゅしょう》な心がけを見せたことがあるか。それで？」

シェリダンはわざとらしくため息をついた。

「機嫌が悪いと女官が耳打ちしてくれたが、これほどまでに余裕がないとは思わなかったな」

「悪かったな」

「おいおい、カウル。少しは落ち着け。王妃様はご自分で今日という日を『約束』されたのだろう？　あのお方がご自分で口にされたことを、反故《ほご》にするとは思えない。それなのに、何をそんなに不安がる必要がある？」

「何を言う？　俺は不安など小指の先程も感じてはおらんぞ。それよりも、おまえのほうこそおかしなことを言う。夫が妻の身を案じてなにが悪い？」

「いや、勿論《もちろん》悪くはないが。私が言っているのはそんなことではなく……、まあいい。早馬の知らせだ。王妃様の馬車は、遅くとも本日午後には到着のご予定」

カウルの青い瞳が、明るく輝く。

「真《まこと》か？」

「昨晩はエリエの離宮で宿泊され、今頃は馬車に揺られていることだろう。もし何かあれば、また早馬で知らせる手はずになっている」

「そうか……」

カウルは安堵《あんど》のため息とともに呟いた。

その履行が何よりも気がかりだった――『約束』。

それは、美しいデセールルザンドで三年もの間静養していた王妃、エンジュの帰還。

カウルの幼《おさな》い妻は、水月の終わりに、ようやく首を縦《たて》に振り、約束してくれたのだ。

都に戻ることを。

鳳凰城に戻ることを。

神の前で誓ったように、国王の傍《かたわ》らに在《あ》ると。

黒獅子王カウルが、たった一言を携《たずさ》えてデセールルザンドの王妃を訪ねたのは、この年の若葉月《五月》のことだった。

春から夏へと移ろう季節のなか、カウルは何度デセールルザンドに足を伸ばしたことだろう。

どんなに馬を飛ばしても、都から片道三日、往復で六日の道程。

六日もの間、国王が都を空けるなどあまり誉められたことではない。

叔父《おじ》が起こした内乱のため、一度は国内の秩序《ちつじょ》が大きく乱れたのだ。

そういった意味で、カウルが統治する王国は、若い。

内乱によってもたらされた被害は、どうにか回復しつつあったが、努力だけではどうすることもできないのが人的被害だ。

国内を二つの陣営に引き裂いた戦いによって、多くの人命が失われた。

戦場で、直接剣を交える兵士だけでなく、多くの優《すぐ》れた廷臣や官僚《かんりょう》も犠牲になった。

そのため、国王が採決しなければならない問題は多岐《たき》にわたる。

国王として多忙を極める毎日だが、目覚ましい努力で時間を遣《や》り繰《く》りし、カウルはデセールザンドに足を運んだのだ。

三年もの歳月、都を離れたままの王妃の存在は、宮廷では忘れられつつあるのが現実だった。

エンジュという可愛《かわい》らしい響《ひび》きを持つ王妃の名前も、どれだけの人々が覚えているだろう。

彼らが覚えているのは、黒獅子王カウルが自らの王位の正統性を国内に示すため、伝説にある『聖なる印を持つ乙女』を、王妃に迎えたという事実だけだ。

朱雀一年の麦月《九月》に、神の祭壇の前で永遠を誓った異相の乙女は、年が替わるやいなや、数人の供をつれていつの間にか都から姿を消した。

静養のため、デセールザンドに向かわれたというのも正式な発表ではなかった。

三年経っても戻る気配のない王妃に、多くの宮廷人はわずかながらにも同情を覚えた。

王国の長い歴史を紐解《ひもと》けば、このような事例は決してめずらしいことではなかったからだ。

国王が不仲の王妃や飽いた寵姫《ちょうき》を、地方の城に封じることはよくあることだった。

カウルが後宮《こうきゅう》を制定した時期とも重なるため、王妃は遠ざけられたのだと、人々は憶測《おくそく》し理解した。

実際、それに近い状態だったのだ。

聖十字星章の騎士シェリダンが、国王の背中を乱暴な言葉で蹴り飛ばさなければ、後世の人々はそれを事実として、歴史書の上に見つけたことだろう。

だが、一度はエンジュを諦《あきら》めたカウルだったが、彼はふたたびエンジュを傍《かたわ》らに置くために、デセールザンドを訪ねた。

そして、努力が功を奏《そう》し、遂に『約束』を取り付けることに成功したのだった。


「結局、どんな言葉で口説き落としたのか、いい加減聞かせてくれてもいいだろう？」

まぶしいほど朝日が差し込む食事室で、シェリダンはもう何度目になるかわからない懇願《こんがん》を口にしたが、カウルはいつものように笑顔で躱《かわ》す。

「それは、エンジュにだけ聞かせたい言葉なのでね」

侍女が囁《ささや》いた『今朝の国王様はとても不機嫌で……』という言葉を疑いたくなるほど、いまのカウルの表情は明るかった。

気分が高揚しているとき、彼の青い瞳は、ますます色濃くなり生き生きと輝きだすのだ。

「しかし、当初の予定では、昨晩のうちに鳳凰城に到着するはずではなかったか？」

「その予定で迎えの馬車をだしたのだが、出発の日に城の厩《うまや》に捨て子があったそうだ」

「捨て子？」

それ以上の説明は要らなかった。

カウルの妻が、与えられた領地になによりも先に建てたのが孤児院であった。

エンジュも、孤児である。

十一の年に両親を病で失い、自分のもとに嫁《とつ》いでくるまで、辛《つら》い境遇におかれていたことを知っている。

そんな彼女が、孤児たちを慈《いつく》しむ姿も何度か目にしている。

十八歳になったとはいえ、いまだ幼い面影を残すエンジュが、捨て子を抱きしめている様がカウルには容易に想像できた。

「出発の時間を遅らせて、その不憫《ふびん》な子供のためにエンジュはなにくれとなく世話をしたのだろう」

「ああ、そのようだ。まだ生まれたばかりの赤子で、随分《ずいぶん》衰弱していたらしく、医師の手配から着る物の手配まで、王妃様がされたそうだ」

「それなら仕方がないな」

会話が一段落したところに、折よくシェリダンの朝食が運ばれてきた。

カウルとシェリダンはしばらくの間、当たり障《さわ》りのない会話を交わしつつ、目の前の皿を次々と平らげていった。

妻を乗せた馬車が午後には到着するという知らせは、カウルにとってまたとないスパイスだったようだ。

「そういえば……」

二杯目のお茶にクリームを落としながら、シェリダンがにやりと笑いつつ尋ねた。

「王妃様のお部屋に、厨房を作らせたと聞いたが?」

「誰から?」

「それは答えられない」

「ふん、おおかた女官長の小言《こごと》か、可愛い女官の睦言《むつごと》だろう」

「陛下。睦言なんて粋《いき》なもの、このシェリダン、ここ数年耳にした記憶がございません」

シェリダンが大真面目《おおまじめ》に言うと、カウルは思わずといった調子で噴き出した。

「よく言う。シェリダン、おまえの艶聞《えんぶん》は鳳凰城の奥にまで轟《とどろ》いているぞ。それより女官長は他にも何か言っていたか?」

「相変わらずだな」

「相変わらずか……」

二人はそこで忍び笑いを漏らした。

「仕方ないのだろうな。兄上の乳母だった彼女にしてみれば、自分が長年温《あたた》めていた美しい絵が、完成間近で潰《つい》えてしまったのだ。そういった意味で、彼女もまたあの内乱の被害者であることに間違いはない」

「美しい絵? 女官長は絵画を嗜《たしな》むのか?」

シェリダンの問いに、カウルは嫌そうに眉《まゆ》を潜《ひそ》めた。

「無粋《ぶすい》な奴だな。比喩《ひゆ》的表現というものを知らないのか。絵というのは、彼女の夢を指しているんだ。そのぐらい気づけ」

「無粋で悪かったな。比喩的表現? そんなものは詩人や道化師《どうけし》に任せておくがいいさ」

そこで二人はしばらくの間、口を閉ざし、女官長が長年温めていただろう夢に、それぞれ思いを馳《は》せる。

カウルの兄、白獅子《しろじし》を御印《みしるし》とするカシミールが王として即位した日、女官長の役職を拝命《はいめい》した彼女は、命を賭《と》してお仕えすると誓約した。

カシミールが、宮廷の華と謳《うた》われたアリシア姫と婚約したことをまず最初に知らせたのは、実の母ではなく乳母であった女官長だと聞いている。

白獅子王の華燭《かしょく》の典を盛大なものにしようと、女官長が奔走《ほんそう》していたこともよく知られた話だ。

カウルの叔父が謀反《むほん》を起こしたのは、カシミールとアリシアが神の前で永遠を誓う二月前のことだった。

「女官長は俺を好いていなかったからな」

「覚えているよ。『兄上をお手本になさいませ』、それが女官長の口癖《くちぐせ》だった」

「ああ、人の顔を見れば必ず口にした。俺は物心ついたときには、既《すで》に彼女を苦手に思っていたよ」

「同情するよ。カシミールと比べられるのはたまらないな。彼は絵に描いたような王子様だったからな。だが、彼女のことはあまり気にするな。いざとなれば、女官長の職を解任することも君の心一つじゃないか」

「瑣末《さまつ》な人事に口を挟みたくはないのだがな。彼女が自分の立場をこれ以上逸脱《いつだつ》するようなら、それも考えなくてはならないだろう」

「そこまで深刻な問題なのか?」

「シェリダン、自分で言い出しておいて、なにを驚く?」

「いや、君はどちらかというと、自身を取り巻く環境には興味がないようだから、少しね」

シェリダンは冷めたお茶を飲み干すと、真剣な面持《おもも》ちで口を開いた。

「女官長は、なぜ王妃様が宮廷に戻ることにそこまで反対するんだ」

カウルは苦い表情で答えた。

「貴族ではないからだよ」

「しかし、王妃様は聖なる印を持つ乙女だ。それは貴族の家に生まれることよりも、稀《まれ》だし貴重だろう」

「彼女に言わせれば、神話や伝説の類《たぐ》いを信じ、ありがたがる必要などないらしい。むしろ、そんな王妃をありがたがることが、王権の弱体化を内外に知らしめているそうだ」

「それを君に言ったのか？」

「まさか？」

カウルは肩を竦《すく》めて答えた。

「女官長ほどの立場にある者が、国王の前でそれを言ってしまったらおしまいだろう」

「ああ、間違いなく不敬罪にあたる。だが、実際に彼女の発言を、カウル。君は知っているわけだ。そのことを彼女は？」

「まだ気づいてはいないと思う。つまり、彼女が思うほど、彼女は女官たちの動向を掌握《しょうあく》しているわけではないということだ」

「王妃様を慕い支持する勢力が存在していると言いたいのだな」

「そういうことだ」

「なるほど」

シェリダンは愁眉《しゅうび》を開き、晴れやかに笑った。

「王妃様出立の知らせを携えてきた騎士だが、彼もまた新たな信奉者《しんぽうしゃ》の列に加えなくてはな」

「なんのことだ?」

「彼は、こう報告したのさ。王妃様におかれましては、その細い腕に哀れな赤子を優しく抱かれ、食事や衣類の支度を命じられるお姿は慈愛に満ち、神々《こうごう》しくさえ感じられました。この方に、神が聖なる印を刻まれた理由を、目にする思いでした。……と、いたく感激していてね。あれは、国王陛下の許しさえあれば、剣を捧げるつもりだろうな」

「それは……」

カウルは静かに口を開いた。

「……国王として、喜ばしいことだな。騎士の忠誠は、王国と王家に捧げられるのが理想なのだから」

カウルの言葉を、シェリダンは神妙な表情で最後まで聞き終えたが、一拍もおかずに噴き出していた。

「シェリダン?」

「あはは……、いや失礼。笑うつもりはなかったのだが……。カウル、くく……おまえのその苦虫《にがむし》を噛《か》み潰《つぶ》したような表情が、せっかくの台詞《せりふ》を裏切っているぞ。相変わらず素直じゃない。男の嫉妬《しっと》は醜《みにく》いぞ。さしずめ、王妃の間に厨房を作らせたのも、王妃様の手料理が食べたくてだろう？」

「うるさいな……」

「いや、その気持ちはわかる。おれも以前パンとスープをいただいたことがあるが、素朴で懐《なつ》かしい味わいがあった。貴族の姫君方は、パンが小麦粉で作られることも知らないからな。男として羨《うらや》ましい限りだ」

「うるさい！　国王の前だぞ、少しは言葉を慎《つつし》んだらどうだ」

「おお、恐。不敬罪に問われる前に、退散したほうがよさそうだな」

まだ収まらない笑いの発作《ほっさ》に、逞《たくま》しい肩を揺らしながら、シェリダンは立ち上がった。

「それでは、国王陛下。私はこれで失礼いたします。本日の御前試合にて、陛下に勝利を捧げんと、我ら騎士一同高揚する気持ち抑えがたく、失礼な物言いなどなどご寛容《かんよう》いただければ、これに勝る労《ねぎら》いがございましょうか」

聖十字星章の騎士が持って回った口上で恭《うやうや》しくお辞儀《じぎ》をすると、今日誕生日を迎えた国王は、顎をしゃくってこう命じた。

「さっさと行け。おまえ以外の者に、勝利の花冠を授ける予定はないからな」

「この身にあまる光栄にございます」

「せいぜい期待に応えてもらいたいものだな！」

カウルの怒鳴り声を背に、、シェリダンは国王の私室を後にするのだった。

2

カウルとシェリダンが朝食を終えた頃、エンジュを乗せた馬車は、街道を都へと快調に走っていた。

「王妃様、ごらんくださいませ。トウール川が見えてまいりましたわ。あの川を渡れば、そこはもう都です。なんて懐かしいのでしょう」

侍女のエリアが無邪気《むじゃき》にはしゃいで見せる傍《かたわ》ら、エンジュは深い感慨《かんがい》とともに、トウール川の流れを眺めていた。

この川の上流には、国境と接したタリザンド領がある。そのタリザンド領内でも辺境《へんきょう》と呼ばれるフェイセル村。

タリザンドの森に囲まれた小さな村が、エンジュの生まれた故郷だ。

辺境の辺境。

昼なお暗い森を開墾《かいこん》し、徐々に大きくなっていった村だ。

滋味豊かで、質のよい農作物が収穫される。

ただ、気候は厳《きび》しく一年のうち半分は雪に閉ざされるため、村人たちの生活は決して豊かだとは言えなかった。

エンジュの生まれたロムニア家は、村長を何人も輩出《はいしゅつ》したことがあるので、村では富裕と言えただろう。

両親を亡くし、家督《かとく》を叔父が継いだことにより、エンジュは下女として辛《つら》い生活を余儀《よぎ》なくされた。

それでも、フェイセル村がエンジュの故郷である。

両親と幸せに暮らした日々の想い出は、あの村にしかない。

エンジュは、左右で色の違う瞳と、額に赤い痣《あざ》を持って、この世に生まれ落ちた。

迷信のはびこる辺境の村では、それは魔物の取り替え子と評される、忌《い》まわしい異相でしかなかった。

その異相ゆえ忌み嫌われ育った記憶は、生々《なまなま》しくエンジュの心に刻《きざ》まれている。

だが、辺境では忌まわしいものとしか思われていなかった異相が、都では神から授けられた『聖なる印』とあがめられている。

五百年前、国難の際に、神は聖なる印を持つ乙女に、真の王を見出すことを命じられたのだという。

それは、一つの建国神話だ。

葦《あし》のように乱れた国を一つに纏《まと》め上げた王の傍《かたわ》らには、常に異相の乙女がつき従い、やがて乙女は王妃となり国母となった。

なかば忘れ去られた神話が、エンジュの運命を一変させた。

『聖なる印を持つ乙女』が辺境にいるらしいとの報告を受け、エンジュのもとにやってきたのが、即位したばかりのカウルの使者だった。

即位の正統性の証として、内乱を制圧したばかりの若き国王は、神話の乙女を利用したのだ。

それに傷つき、エンジュが二色の瞳を抉《えぐ》ろうと、小刀を手にしたのが三年前。

結局、愛する両親のそれぞれの瞳を映したそれを、抉ることなどエンジュにできようはずもなかった。

彼女が小刀で傷つけたのは、額の痣だった。

この事件をきっかけに、エンジュはデセールザンドを領地として賜《たまわ》り、そこに静養という名目で今日までの三年と約七カ月を過ごしたのである。

ロムニア家の娘としてではなく、『聖なる印を持つ乙女』として王妃となった彼女は、自らの役目は終わったと思っていた。

二度と、宮廷に戻ることはないと信じていた。

そう、あの日。

若葉月《五月》の朝まだき、一騎の馬が城にやってくるまで、エンジュはもう二度と、カウルの姿を見ることはないだろうと、信じていたのだ。

朝靄《あさもや》のなか、銀朱の花が咲き乱れる湖のほとりで、カウルは馬から下り、まず最初にエンジュに告げたのだ。


——好きだ、と。


あの時のエンジュにとって、それは夢でしかなかった。

会いたいという気持ちが、見せた夢だと思った。

聞きたいという気持ちが、語らせた夢だと思った。

驚きのあまり、息すら満足にできないエンジュの手を摑《つか》み、カウルは言ったのだ。

「白鳥城《しらとりじょう》の薔薇《ばら》園で、おまえを初めて見たとき、俺はおまえが側にいてくれればいいと思った。おまえならいいと思ったんだ。俺の妻にしてやってもいいとな」

傲慢《ごうまん》な台詞《せりふ》だった。

だが、初めての出会いから、目の前の男は、無礼で不躾《ぶしつけ》だった。

それを思い出し、エンジュはようやくいま自分の手に感じるぬくもりが、夢などではなく現実だと気がついた。

「辺境の迷信を信じ、生贄《いけにえ》として死ぬ覚悟で都にやってくるおまえが、実は王妃になったと知ればどんなに驚くだろうと、俺は想像するだけで楽しかった。まだ子供のようなおまえを抱くことに罪悪感はあったが、おまえを俺だけのものにできたことに俺は舞い上がった」

この思いがけない告白に、エンジュは耳を真っ赤にし、全身がこわばるのを覚えた。

そうだった。カウルは、乙女心に疎《うと》く、無神経なところがあった。

「俺は体を繋《つな》げたことで、安心してしまったんだ。おまえが俺のものになったと安心してしまったんだ。だから、大切な言葉を言うのを忘れていた。シェリダンに言われるまで気づきもしなかった」

カウルは、青い瞳をさらに青く染め、エンジュの指先にキスを落としながら、囁《ささや》いた。

「おまえが好きだ」

二度目の言葉ではあったが、エンジュにはまだ信じられなかった。

「俺の傍らにいてくれ、俺を一人にしないでくれ。俺を好きになってくれ」

そこまで言うと、カウルはエンジュの手を握り締めたまま、片方の膝《ひざ》をつき三度目の言葉を口にしたのだ。

「好きなんだ」

エンジュは、おかしくてならなかった。

物語のなかで、求婚者はまず好意を告げ、膝をつき求婚の言葉を口にすることになっていた。

物語の王も王子も騎士も、典雅《てんが》な言葉で切々《せつせつ》と恋情を明かし、永遠を誓うものとばかり思っていた。

だが、どうだろう。いま自分の手を痛いほど摑み、膝を折る国王陛下《へいか》は、ただ自分の気持ちを言い募《つの》るだけではないか。

それも、自らの妻に向かって。

小麦粉をそのまま竈《かまど》に入れても、パンにはならない。

手順どおりに、バターやミルクを入れ、よくこねてからではないと。

花を咲かすことなく、いきなり実をつける林檎《りんご》があるだろうか。

何事も手順というものがあるはずだ。

順番というものがあるはずだ。

なのに、それを無視するようなめちゃくちゃなこの求愛。

エンジュはおかしくておかしくてならなかった。

その唇がわずかに綻《ほころ》び、かすかな息が漏れた。

震える唇から零《こぼ》れたのは、笑い声ではなかった。

細いため息だった。

震える言葉だった。

「もう一度…だけでいい……、お会いすることができれば……そう…思っていました」

「エンジュ?」

「鳳凰城にいるとき、私はまだわからなかった。まだ…子供で……わからなかったのです。あなたがどんなに私を……大事にしてくださったかを……。

だから……もう一度、お会いして……せめて、感謝の気持ちを言葉に……したかった」

言葉を追うように、エンジュの瞳から零《こぼ》れ落ちたのは、涙だった。

「エンジュ!」

カウルは慌《あわ》てて立ち上がると、エンジュの小さな身体を抱きしめ、その顔を自分の胸に押し付けた。

「泣かないでくれ。おまえが泣くと、俺はどうすればいいかわからなくなる。おまえには、笑っていて欲しいんだ。怒ってもいい。薔薇園のときのように、俺を好きなだけ怒っていいぞ。だけど泣かないでくれ。悲しそうにしないでくれ。おまえが泣くと、なぜだか俺まで悲しくなる」

これ以上、嬉しい言葉があるだろうか。

カウルは、エンジュが泣き止むまで、優しく髪を撫《な》でてくれた。

「エンジュ、おまえの感謝の言葉は聞いた。それ以外に、俺に聞かせてくれる言葉はないのか?」

カウルの逞《たくま》しい胸に顔を押し付けたまま、エンジュはカウルの言葉を聞いていた。

いや、聞いていたのは言葉だけではない。

革の胴着を通しても聞こえてくる、心臓の鼓動《こどう》。

早鐘のようなその鼓動に急《せ》かされて、エンジュの胸も早くなる。

「おまえは俺と同じ気持ちではないのか?」

会いたいとなぜ思ったのだろう。

無礼で、不躾で、無神経で……。

でも、離れていた三年の間、エンジュは一日としてカウルを思い出さない日はなかった。

その理由は、カウルが先に言葉にしてくれた。

「好き」

物語の姫君なら、扇やレースのハンカチーフで顔を隠し、囁《ささや》くように「お慕いしております」と答えるのだろう。

だが、カウルの胸の中で答えるなら、この言葉しかないようにエンジュは思った。

飾りのないこの短い言葉のほかに、自分の気持ちを伝えることなどできないと思ったのだ。

カウルは、エンジュを固く固く抱きしめてくれた。

息ができないほどの抱擁《ほうよう》のなか、エンジュは生まれて初めての甘い思いに酔《よ》い痴《し》れた。

侍女のエリアが、いつまでたっても朝の散策から帰らないエンジュを探しにやってくるま

で、二人はその場に立ち尽くしていた。

夜咲きの睡蓮《すいれん》が、ゆっくりと花を閉じるなか、二人はいつまでも固い抱擁を交わしていた。

「王妃様、この橋を渡ればサキアの離宮までもうじきですわ」

トゥール川の浅瀬《あさせ》に漂う名前も知らない白い水鳥を眺めながら、エンジュは懐かしいと思った。

サキアの離宮から、都までは二刻もあれば着くだろう。

三年前、真実を知らされぬまま、ただ王の招きであると都へ向かうエンジュは、死を覚悟していた。

内乱が続き、荒れた都を鎮《しず》めるため、人柱として王は『聖なる印を持つ乙女』を求めているのだとエンジュに吹き込んだのは、叔母《おば》と従妹《いとこ》のタリアだった。

辺境のタリザンドには、つい最近までそういった野蛮《やばん》な風習が生きていたからだ。

国王の使者としてやってきた、聖十字星章を授けられた騎士シェリダンと、高位の僧侶トリエル教主が、王の招きの真意を明らかにしなかったことには理由があった。

『聖なる印を持つ乙女』の身内が、国王と縁戚《えんせき》関係になるのだと誤解されては困るからだ。『聖痕の乙女』は、あくまで神によって遣《つか》わされた存在でなくてはならない。

たとえ、形式上のこととはいえ、親兄弟がいてはならないし、彼らが『乙女』を足がかりに立身出世を望むことは許されない。

彼らにとって幸いだったのは、エンジュの両親が他界していたことだろう。

そして、叔父夫婦がエンジュを下女として扱っていたことだろう。

だが、彼ら（特に、叔母《おば》と従妹《いとこ》だが）が、異相のエンジュを疎《うと》ましく思い、彼女の未来にどんな毒を吹き込んだか、シェリダンたちは把握していなかった。

宮廷作法を身につけるため、しばらく滞在した白鳥城で、予定通りカウルとエンジュが接見《せっけん》したことで、シェリダンも教主もエンジュは王妃になることを了解したとばかり思い込んでいた。

彼らには想像できなかったのだ。カウルが名前すら明かさなかったなどとは。

サキアの離宮で、過ごした一夜を、エンジュはいまでも鮮明に思い出すことができる。

最後の夜だと信じていた。

明日、都に足を踏み入れれば、自分は死ぬのだと、都のため犠牲になるのだと信じて疑わなかった。

眠れるはずがなかった。

覚悟して、受け入れたつもりでも、迫りくる最期《さいご》の時に、恐怖を覚えないはずがなかった。ややもすれば叫びだしてしまいそうな恐怖、その中で過ごした一夜の舞台がサキアの離宮だった。

いまでこそ、笑い話にできることだが、あの夜を思い出すと、エンジュは胸から離れることのない不安に、また押しつぶされそうになる。

カウルは優しい。

自分をとても大切にしてくれることは、疑いようもない。

だが、王家に生まれ、常に人に傅《かしず》かれてきたカウルは、言葉が足りないことがある。

最近では黒獅子王は勇敢《ゆうかん》なだけでなく、名君であると評されることも多い。

だからというわけではないが、彼は賢い。しかし、思いやりに欠ける嫌いはある。

あの薔薇園で、一言エンジュの思い違いを正してくれたなら、三年前サキアの離宮で過ごした一夜は、まったく違うものになっていただろう。

彼は、エンジュの覚悟を潔《いさぎよ》いと評した。

そして、死ぬつもりでやってきたエンジュが、王妃という地位に就くことをどんなに驚くだろうと想像し、その考えに夢中になったと平気で言う。

固い決意の影で、恐怖に震える無垢《むく》な魂《たましい》の存在にまでは、思いを馳せることができなかった。

それがエンジュを、不安にさせる。

好きなのだ。

湖のほとりで口にした気持ちに嘘はない。

だが、カウルの傍らでふたたび暮らすことに、不安があった。

その不安が、エンジュを躊躇《ためら》わせた。

あの若葉月の朝、エンジュの気持ちを知ったカウルは、そのまま妻を都に連れ帰るつもりだった。

神の前で誓ったように、王妃として、妻として、カウルの傍らにいるべきだということを、エンジュは理解していた。

しかし、拭いようのない不安が、拒ませる。

鳳凰城に戻れば、頼れる相手はカウルしかいないのだ。

それなのに、そのたった一人の存在を信じきれないまま、どうして戻れようか。

エンジュが即座に首を縦《たて》に振らないことに、カウルは気分を害したようだったが、エンジュがデセールザンド領主として、すぐには領地を離れられない旨《むね》を告げると、さすがに王国の統治者、しぶしぶながらも、その日は諦《あきら》めてくれた。

今度こそ、本当に嫌われたかもしれないと、エンジュは自嘲《じちょう》したが、それもまた思い込みでしかなかった。

三年間、まったくといっていいほど音沙汰《おとさた》のなかった『夫』は、王の激務の間を縫って、足繁くデセールザンドを訪れ、エンジュに都への帰還を促《うなが》したのだった。

この情熱に、どうして逆らえようか。

エンジュは、水月《七月》の終わりにようやく帰還することを受け入れ、その日をカウルの誕生日と自ら約束したのだった。

そうして――――、いまエンジュは馬車に揺られているのである。

「エリア、サキアの離宮によらなくてはだめかしら?」

「王妃様?」

「予定では、昨日のうちに鳳凰城に入るはずだったでしょう? 国王様は、ご立腹かもしれないわ」

「ご立腹ということは考えられませんが、ご心配なさっているかもしれませんですね」

「サキアの離宮に寄れば、それだけ到着の時間が遅くなるでしょう? このまま城に向かったほうがいいと思うの」

「そうでございますね……。でも王妃様、休憩をとらなくてもよろしいのですか?」

「街道のどこか適当なところで、昼食にしましょう。私たちは、馬車の中で座っているだけだから大丈夫だけれど、迎えにきてくださった騎士の方々や供の皆のためにね」

「わかりました」

エリアは笑顔で答えると、馬車の覗き窓を開け御者にエンジュの意向を伝える。

楽しいとはいえない思い出のあるサキアの離宮によらずにすんだことに、エンジュは安堵した。

それと同時に、不安に思いながらも、カウルに少しでも早く会えることを、嬉しく感じている自分の心に、仄《ほの》かな恥《は》じらいを覚えるのだった。

3

街道筋にある小さな泉でエンジュたち一行は馬車を停め、昼食を摂《と》ることになった。

サキアは、離宮があることでもわかるように風光明媚《ふうこうめいび》で知られた土地である。都から近いこともあり、観光地として栄えていた。

そうなれば当然、宿屋や旅人向けの施設は充実している。

サキアで足を止めた旅人は、そのまま都を目指すのが常だった。

だからだろう、澄んだ水の湧き出る水場は、ひっそりとしていた。

多くの旅人がサキアの次に休憩を取るのは、市の立つ城下の村がほとんどだ。

他に人の姿がないことを、侍女のエリアや護衛のために派遣《はけん》された騎士たちは喜んだ。

王妃の帰還は、隠すことでこそなかったが、大袈裟《おおげさ》に言って回る必要もない。

王妃がデセールザンドに静養に出掛けたことは秘密ではなかったが、その静養が三年もの長きにわたったことは、なるべく人々の耳に入れたくない。

いろいろ憶測《おくそく》で好き勝手なことを言う者は少なくなかったが、これから国王の傍《かたわ》らに立つ王妃の姿を見聞きすれば、自然その憶測も時とともに忘れ去られることだろう。

カウルはそう判断し、鳴り物入りの帰還にすることは避けたのだった。

だが、王妃の異相は、国民の間で知れわたっている。

空と若葉の二色の瞳、花を思わせる額《ひたい》の痣《あざ》。

それらは、何よりも雄弁に、エンジュが何者であるかを知らしめる。

他に旅人がいないことは、そういった意味で好都合だった。

それでも、侍女のエリアは薄いベールをエンジュの頭から被《かぶ》せてやる。

この、心優しい主人を誰よりも慕《した》うエリアだから、国王様が贈られたドレスでいつにもまして美しいエンジュの姿を、おいそれと人目に触れさせてはもったいないと彼女は考えているのだ。

大型の無蓋《むがい》馬車には、エンジュの身の回りの品だけでなく、こういった場合のために組み立てるだけでテーブルやベンチになる簡易家具も積み込まれている。

護衛の騎士六人が、木と木の間にロープを渡し、日よけの天幕を張り、その下にテーブルとベンチを出し、エリアの采配《さいはい》で侍女たちが離宮で広げるはずだった料理を並べる。

涼しげな泉の傍らに、気持ちのよい食堂が出来上がる。

エンジュが短い食前の祈りを捧げたあと、一同は楽しい食事を始めた。

王妃と同じテーブルにつくことなど、旅の途中でなければ考えられないことだ。

皆、恐縮しつつもその喜ばしさに顔を輝かせている。

たくさんの料理が、あらかた片づいた頃だった。

突然、声をかける者があった。

「ご歓談中、失礼つかまつります」

少し癖《くせ》のある口調に、一同が振り向いた。

「お願いがあって、失礼を承知の上でまかりこしました」

白い甲冑《かっちゅう》に身を固めた騎士が、兜《かぶと》を脇に抱え、立っていた。

「何者!?」

末席に腰を下ろしていた騎士二人が、腰に手をやり即座に立ち上がる。

「私は、セネドラ王国、聖母騎士団に仕える騎士シジュームと申す者にございます」

朗々《ろうろう》と響《ひび》く声だった。だが、その声は瑞々《みずみず》しく甲高《かんだか》い、女性にこそ相応《ふさわ》しい声だった。

「聖母騎士団の勇名は、我が国にも轟《とどろ》いております」

そう言うと、今回の王妃の護衛の責任者である黒の騎士団、副団長は、すっくと立ち上がり隣国の騎士の目の前まで大股《おおまた》で近づいていった。

それは、隣国の騎士の視線から王妃を隠すために他ならない。

「主人に代わって、願いの旨《むね》お聞きしよう」

「かたじけない」

少し古めかしく感じる言葉も、異国の騎士とあれば納得がいく。

だが、その声は。

(王妃様)

エリアがエンジュの耳元で囁《ささや》いた。

(女騎士にございます。セネドラの聖母騎士団は、女子であることが入団の条件なのでございます)

エンジュは、心の中でうなずいていた。

タリザンドと国境を接する隣国には、女性だけの騎士団があるのだと、故郷の家の暖炉《だんろ》の前で、亡き父が話してくれた記憶がよみがえる。

甲冑で固めた姿は、どこから見ても立派な騎士だったが、頭を支える首の思いがけない細さに、女性であることが見て取れる。

だが、凛々《りり》しいその騎士ぶり、黒の騎士団副団長を前にして堂々と振る舞う姿が、エンジュには眩《まぶ》しく映った。

「馬車をお貸し願いたい」

それがセネドラ王国女騎士の願いだった。

◇　◇　◇　◇　◇

「王妃様の馬車が、第一の門を通過したそうにございます」

侍従長が国王の耳元で囁いたのは、御前試合が行われている闘技場の貴賓席《きひん》だった。

円形のフィールドでは、決勝戦の最中。下馬評どおり勝ち進んできた、二人の騎士を熱心に見守っていた国王は、いきなりその表情を険《けわ》しくすると、心のなかで舌打ちをした。

（シェリダン、さっさと決着をつけないと、聖十字星章を没収するぞ）

随分《ずいぶん》勝手な一言だったが、それを心の中で呟く程度に留めておくだけの分別が、カウルに残っていたのは幸いだった。

カウルの思いが届いたのか、一度離れふたたび接近した二騎は、一合二合と剣を交わし、三合目に勝敗が決した。

激しい金属音が、三度闘技場に鳴り響き、それを追うようにザクッというくぐもった音が、かすかに聞こえた。

一振りの剣が闘技場の土に突き刺さっていた。

「勝者、黒の騎士団、団長シェリダン！」

審判が声を張り上げると、闘技場を埋め尽くした観客が耳を劈《つんざ》くような歓声を上げる。

その喧騒《けんそう》を、カウルは満足げな表情で眺《なが》めていた。

「シェリダン、急げ！」

嬉々として馬を駆るカウルの後を、シェリダンは苦笑いで追っていた。

勝利の花冠を受けるため、闘技場の長い階段を上がり国王の前で膝《ひざ》をつき頭《こうべ》をたれたシェリダンの耳に、カウルは囁いた。

「残念だったな。もう少し試合が長引けば、エンジュの手から授けられたのにな」

無骨なカウルの手が、シェリダンの頭に花冠を載せる。

カウルがシェリダンの右手を高く掲げ、人々はまた歓呼の声を上げる。

その声に送られて、国王と御前試合の優勝者は、貴賓席の専用口から闘技場を後にした。人目のない廊下に出た途端、泰然《たいぜん》と歓呼に答えていた国王は、子供のように駆けだしたのだ。

警備の兵卒が目を丸くするなか、国王とその腹心の騎士は、闘技場の廊下を走り抜け、厩《うまや》に走った。

馬車の支度を待つ時間さえも、カウルは惜しかったのだろう。

闘技場から鳳凰城まで、それほど離れているわけではない。馬ならものの数分でつくはずだ。

正門を抜け、木立に囲まれた砂利道を駆け抜けると、雄々しい鳥が羽を広げたように見える壮麗《そうれい》な城の前庭にでる。

長い階段の下、一台の馬車が止まっていた。

「エンジュ！」

カウルが叫ぶのを、シェリダンは微笑《ほほえ》ましい思いで聞いた。

どんなに声を張り上げたところで、この距離では聞こえないだろう。

そう思うものの、シェリダンはカウルのこの言動が嬉しくてならなかった。

白獅子《しろじし》王カシミールは、いつでも下ろしたばかりのシャツのように、染みひとつなく清潔で、乳母を務めた女官長が、物語から抜け出してきたようだと自慢するほど、完璧な王子様だった。

彼女に言わせれば、カウルは粗野で行儀《ぎょうぎ》の悪い乱暴者だそうだ。

たしかに、カウルは宮廷の作法やしきたりに縛られることを嫌い、王子という立場に相応《ふさわ》しからぬ言動をすることで知られていた。

だが、それがかえって人の気持ちを惹《ひ》くのも事実だった。

彼は辛らつな物言いをし、傲慢《ごうまん》なところもあったが、それを補って余りある笑顔と気さくな態度で下から慕われていた。

あの内乱は、白獅子王カシミールの命を奪っただけではない。

黒獅子の笑顔も奪ったのだ。

兄の仇《かたき》をとり、王位を正統に戻すことに、すべてを賭けた二年間、カウルの顔に笑いはなかった。

青い炎が、最も熱が高いというが、あの頃のカウルの瞳は、間違いなく青く燃え盛る炎だった。

レニオンの丘で、兄の仇を討ち取ったとき、その瞳は凍りついた。

憎むべき対象を失い、凍りついた。

エンジュを王妃に迎え、一度は緩《ゆる》みかけた青い氷は、彼女を手放したことで、ふたたび冷えたのだ。

それは、恐ろしいほど静かな冬の泉を思わせた。

時折揺らめく水面に、物悲しい色を浮かべていた青い瞳が、いま暖かく輝いていることをシェリダンは信じて疑わなかった。

「エンジュ！」

カウルが、エンジュの帰還のために新たに作らせた馬車は、王家の紋章こそ外していたが、深みのある黒い外装に豪華な金の飾りを配した、美しいものだった。

カウルは、その馬車の前に回りこみ、もう一度妻の名を叫んだ。

「エンジュ！」

カウルの国王らしからぬ乱暴な所業と大声に、馬車を引く馬たちが驚き慌《あわ》て、暴れだす。

「きゃあっ！」

馬車が大きく揺れ、中で女の悲鳴が聞こえた。

御者が、顔を引きつらせて手綱《たづな》を引く。シェリダンは馬から飛び降り、御者を助ける。

よく訓練された馬を選んだのが幸いし、馬たちはすぐに落ち着きを取り戻した。

ちょっとした騒ぎに、城内から役人や兵たちが駆けつけ、前庭は突然賑《にぎ》やかになった。

シェリダンは、馬車から離れると、カウルの馬に近寄り、その頬《ほお》に手を置いた。

愛馬の上で、カウルは素知らぬ顔をしていたが、シェリダンと目を合わせようとしないのは、照れくさいからだろう。

ともかく、大事に至らなかったのは、幸いだった。

少し静かになった前庭で、カウルは馬車に向かって声をかけた。

「待ちくたびれたぞ」

この傲慢にしか聞こえない言葉も、カウルなりの照れ隠しだとわかるだけに、シェリダンは笑いを堪《こら》えるのに必死だった。

その最中、シェリダンは違和感を覚えた。

見知った顔がいないのだ。

王妃の護衛に、副団長を筆頭に最も信頼できる騎士を八人送ったはずだ。

その内ふたりは、出立と経過報告のために、既《すで》に城に帰り着いているが、六人の騎士が護衛に着いているはずだった。

なのに、彼らの顔が見えない。

「カウル……」

シェリダンが口を開いたのと、ほとんど同時だった。

甲高《かんだか》く張りのある声が、その場に轟《とどろ》いたのは。

「無礼者!!」

馬車の前に立ちはだかる白馬の上、白い甲冑に身を固めた女騎士が、カウルとシェリダンを睨みつける。

「セネドラ王国、第八王女リアネージェ様の御馬車と知っての狼藉《ろうぜき》か!?」

カウルもシェリダンも、自分の耳を疑った。

二人は、すぐに馬車に目を走らせた。

見間違うはずがない。

エンジュの帰還のため、新たに作らせたはずの馬車に違いない。

その証拠は馬車の扉にあった。扉の取っ手は睡蓮《すいれん》を象《かたど》っている。

それは、カウルの発案だった。

睡蓮に寄せた想いは、カウルとエンジュだけが知るものだった。

答えようとしないカウルにじれたように、セネドラの女騎士は、腰に手をやった。

遠巻きに眺めていた鳳凰城の衛兵たちがざわめき、シェリダンの全身から殺気が迸《ほとばし》る。

その場の空気は、やにわに緊迫の度合いを強める。

そのとき、絶妙の間合いで、馬車の扉が開いた。

「おやめなさい、シジューム」

「姫様！　危のうございます」

「あなたがこの場の空気を悪くしていてよ。それより手を貸しておくれ」

シジュームと呼ばれた女騎士は、すかさず馬から下りると、馬車の中の主人に駆け寄った。

アイスブルーの薄物がふわりと揺れた。

その場に居合わせた人々は、真夏の日差しの中、一片の雪が舞い落ちる錯覚を覚えた。

北の小国、一年の大半を雪と氷に鎖《とざ》される冬の王国、セネドラ。

その第八王女リアネージェは、白銀の髪と白い肌《はだ》を持つ、美貌の姫君だった。

女騎士の手を借りて、馬車から降りた異国の美姫《びき》は、幽《かす》かに微笑むと甘い声で呟《つぶや》いた。

「やはり……」

「姫様？」

「シジューム、黒の獅子王、カウル様の御前です。控えなさい」

主人の言葉に、女騎士は顔色を無くすと、すぐさま片方の膝をつきうなだれるように深く頭を下げた。

「国王陛下、セネドラ王国第八王女リアネージェ、父の名代《みようだい》として今日の佳《よ》き日を寿《ことほ》ぐために、まいりました。陛下の生誕を心からお祝い申し上げます」

リアネージェ姫は、淑《しと》やかに一礼した。

「私の騎士が無礼を働きましたこと、剣の主として心からお詫び申し上げます。どうぞ、お許しくださりませ」

リアネージェ姫は、自分の騎士に倣《なら》いその場で膝をつき、頭を垂《た》れた。

癖《くせ》のない白銀の髪がさらりと音を立てて流れる。

カウルは慌てて、馬から下りた。

「セネドラの王女よ、どうか頭をおあげください。騎士が、剣の主を守るは当然のこと。許す許さないの問題ではございません」

カウルは王女の手を取り、立ち上がらせるしかなかった。

「セネドラの王女よ、貴女《あなた》の忠実な騎士を余は羨《うらや》ましく思いますぞ」

「ありがたきお言葉にございます。シジューム立ちなさい。そして、陛下のご厚情に感謝なさい」

女騎士は、無駄のない動作で立ち上がると、腰に佩《は》いた剣を、鞘《さや》に収まった状態で外すと、王女に両手で捧げた。

受け取った王女は、鞘《さや》を左右から掴み、剣の柄をカウルに差し出した。

カウルは、形式化された儀礼に内心うんざりしながらも、その柄を取り、剣を抜いた。

磨き抜かれた剣の表面を、夏の強い日差しがギラリと舐《な》める。

今度は両膝をつき、顔をあげ、のどもとをさらす女騎士の肩を、カウルは彼女の剣で軽く叩いた。

それは、彼女を赦《ゆる》すという意味だ。

たとえ、カウルが国王であることに気づかなかったにしろ、一瞬でも剣に手をかけたのは事実である。

この場で切り捨てられても、文句は言えなかった。

「このご恩、一生忘れないことを、聖母の名にかけて誓います」

「騎士殿、お互いに忘れようではないか。

余がセネドラの王女に無礼を働いたのは事実。忘れてくれると、ありがたい」

「まあ、陛下何をおっしゃいますの?」

異議を唱えたのは、セネドラの白銀の王女だった。

「陛下、御自《おんみずか》らお出迎えくださいましたのに、ご不快な思いをさせましたのは、私どもの失態《しったい》に他なりません。無礼だなんて、そのような……。

到着が遅れましたこと、重ねてお詫び申し上げます」

カウルは天を恨みたい気持ちだった。

『待ちくたびれた』相手は、セネドラの王女ではない。エンジュだ。

いまの王女の言葉で、御前試合の貴賓席に空席があったことをようやく思い出したぐらいだ。

それなのに、異国の王女は、自分に向けられた言葉だと無邪気《むじゃき》に信じている。

本心は、エンジュの迎えにやった馬車に、なぜセネドラの王女が乗ってきたのか、問い質《ただ》したくてならなかったが、今の一件で聞きだせるような雰囲気《ふんいき》ではない。

「セネドラの王女よ、このようなところで立ち話もなかろう。また長旅で疲れてもいよう。女官長に案内させるゆえ、晩餐《ばんさん》まで部屋で寛《くつろ》がれるがよかろう」

カウルは、恭《うやうや》しく隣国の王女の手を取ると、これも王の務めと心の中で苦笑しながら、城の階段を上がっていくのだった。

4

「セネドラの王女の馬車は、岩に乗り上げ、車軸が折れたため走ることが不可能になってしまったそうです。すぐに修理できるものではなく難儀《なんぎ》していると、近くの泉で休憩をとる一団に気づき、無理を言って馬車を借り受けたとのことです」

晩餐《ばんさん》のために衣服を着替えながら、カウルはシェリダンの説明に耳を傾けていた。

「随分《ずいぶん》乱暴な話だな。それで、馬車に乗っていたのが誰なのか、気づいていないのか？」

「ええ、ただ貴族の令嬢と理解しているようです」

侍従が着せ掛ける上着に袖《そで》を通しながら、カウルは憮然《ぶぜん》とした表情で口を開いた。

「だから俺は言ったんだ。ここそこ帰る必要はないって。エンジュはなんだ？　俺の妻だぞ？　王妃なんだぞ？　病の癒《い》えた王妃が国王の誕生日を祝うために静養先から帰ってくる。どこがおかしい？　おかしいところなんて微塵《みじん》もないぞ。むしろ喜ばしい話じゃないか。それなのに、エンジュは派手なことはしたくないと我儘《わがまま》を言うし、おまえたちもエンジュの気持ちばかり優先する。俺の気持ちは？　俺がエンジュのために造らせた馬車に、なんで他の女が乗ってくるんだ?」

普段は言葉の少ない嫌いのあるカウルだが、気が高ぶると周囲が口を挟めない勢いで、滔々《とうとう》と捲《まく》し立てる癖がある。

「エンジュもエンジュだ。また、困っている方を見捨てておけないとか言って、さっさと馬車を譲《ゆず》ったんだろう」

これはカウルの推察どおりだった。セネドラの王女を乗せた馬車に遅れること半刻足らず、護衛の任にある騎士が一騎駆けつけ、シェリダンに報告したなかに、王妃の同じ台詞《せりふ》が確かにあった。

「俺は努力しているぞ。三年間を取り戻すつもりで、エンジュに誠意を示している。なのに、あれはいまだに俺を信じていない」

「陛下……」

シェリダンが終わりそうにない愚痴《ぐち》を止めるために、口を開いた。

「エンジュは……、気を変えてデセールザンドに引き返すかもしれないな……」

黒獅子《くろじし》の名に相応《ふさわ》しからぬ弱気な発言に、シェリダンは少し慌てた。目顔《めがお》で侍従に退出を命じ、彼らがそれに従うと、国王の親友はぞんざいな口調で言った。

「いい加減にしたまえ。王妃様が、そのような気紛《きまぐ》れで動かれる方ではないことを、誰より知っているのは、カウル、君だろう?」

カフスのレースを整えながら、カウルは青い瞳を親友に向けた。

「王妃様が馬車をお譲りになったのは、君の考えたとおりだ。だが、あのセネドラの女騎士は、随分《ずいぶん》強引に馬車を借りたようだぞ」

「どういうことだ?」

「自分たちが近くで調達してきた荷馬車を押しつけるようにして、馬車を借りていったそうだ」

「なんだと?」

「侍女頭が……」

「エリアか?」

「ああ、あのエリアが丁寧《ていねい》に断ったのだが、女騎士は声を荒らげて、セネドラの王女に荷馬車はふさわしくない。この国は異国の使節を歓迎する心配りはないのかと、食ってかかったらしい」

「それで、エンジュが譲ったのだな? あれは、いさかいや争いを嫌うからな……。おい、待て。まさか、エンジュは荷馬車に乗ってくるわけではないだろうな」

「お乗りになったそうだ」

「王妃が!?」

「そうだ。陛下をこれ以上お待たせできないからと、進んで馬車に乗られたそうだ。カウル、これでもまだ王妃様が気を変えるなどとくだらないことを言うつもりか?」

カウルは、いつの間にかうなだれていた頭をわずかに起こし、ちらりとシェリダンに瞳を向けた。

「すまなかった」

「私に謝ることはなかろう。王妃様に直接お聞かせするんだな」

「シェリダン、侍従を呼んでくれないか。俺の馬車を迎えに出すよう、厩舎《きゅうしゃ》に伝えて欲しい」

「もう手配しておいたよ。黒獅子の紋章をつけた白と金のあの一番豪奢《ごうしゃ》なものをだしておいたからな」

カウルは、少しだけ瞳を和《なご》ませ、小さく笑った。

「あれか……。エンジュはまた恥ずかしがるだろうな」

「おそらくな」

二人が顔を見合わせ笑っていると、誰かがドアをノックする。

「着いたのか?」

「まだ早いだろう?」

やってきたのは、王国の宰相《さいしょう》、ファラザンド領主エルリク侯爵《こうしゃく》だった。

「陛下、内密にお聞かせしたいことが……」

シェリダンは軽く会釈《えしゃく》をすると、

「それでは陛下、私は一足先に葡萄酒《ぶどうしゅ》の味を確かめにまいります」

と、その場を辞した。

シェリダンが出て行くと、入れ替わるように外務大臣と女官長が姿を現した。

「宰相、内密の話ではないのか？」

「彼らの意見も必要とされる内容にございます」

「わかった、座れ」

四人がテーブルにつくと、外務大臣が懐《ふところ》から書状を取り出した。

「外務大臣、これは？」

「いましがた、鳳凰城にご到着なさいましたセネドラ王国の内親王殿下《でんか》から手渡されました、セネドラ国王の親書にございます」

「親書？　宛名は、外務大臣になっているではないか。外交関係は、外務大臣と宰相の判断を信頼しているのだが……、なぜ余のもとに？」

カウルのもっともな問いに答えたのは、宰相だった。

「これは、黒獅子様の身辺に大きく関わることでございます。私どもの一存では決めることはできかね、お持ちした次第です。どうぞ、目をお通しください」

カウルは神妙な面持《おもも》ちで、羊皮紙《ようひし》を開いた。

まず目に飛び込んできたのは、文頭に躍る飾り文字だった。

「目録?」

「はい、陛下の生誕を祝う贈り物の目録です」

それが自分の身辺にかかわるということが、理解できなかった。

それに、外務大臣と宰相が二人して顔を揃《そろ》えるのはまだ納得いくが、その上女官長までやってきたことに、正直首を傾《かし》げる思いだった。

だが、目録を読み下し、なぜここに女官長が呼ばれたのか、カウルは理解した。

「丁重《ていちょう》にお引き取り願え」

「しかし、陛下。それではリアネージェ王女のお立場が」

「立場? 知るか。こういうのをな、下々の世界ではありがた迷惑というのだ」

顔をみあわせため息を吐く外務大臣と宰相の傍らで、女官長は毅然《きぜん》とした口調で国王を嗜《たしな》めた。

「黒獅子様、差し出がましいようですが、お言葉が過ぎるのではございませんか」

カウルの眉《まゆ》が片方だけ跳《は》ね上がった。

これは、彼が機嫌《きげん》を悪くしたときの癖《くせ》だった。

それを知る宰相は、身の竦《すく》む思いだった。

セネドラが、なんの前触れもなく突きつけるようによこした『贈り物』が、若い国王の怒りを買うことはわかっていた。

だからといって、内々に処理できることでもない。

覚悟していたつもりだが、出だしから不機嫌になるのは予想外だった。

「陛下」

宰相は、穏やかな声で語りかけた。

「どうぞお気持ちをお鎮《しず》めください。王妃様のご帰還を前に、突然の申し出、驚かれるのももっともですが、セネドラ王国の風習では、よくあることなのでしょう。実際、リアネージェ王女は、第八王女。十五番目のお子様だと伺《うかが》っています。母君はたしか第三夫人」

「第四夫人です」と、外務大臣が訂正を入れる。

「失礼、第四夫人ですか。それを当たり前のこととして受け止めていらっしゃるでしょうから、セネドラにお帰りいただくよう申し上げても、かえって屈辱《くつじょく》と思われると存じます」

「屈辱？　屈辱だと？　親の無理強《じ》いで異国の後宮《こうきゅう》に封じられること以上に、どんな屈辱があるというのだ」

セネドラの国王が、黒獅子王の二十七歳の誕生日を祝い、贈り物として届けたのは、第八王女その人だった。

――後宮に部屋をいただければ、リアネージェも喜びましょう。

国王の直筆と思《おぼ》しきその一行に、カウルは胸が悪くなるのを感じた。

「たしかに、我が国の感覚では、後宮というものは古き時代の風習に思えますが、セネドラの方にそれを理解するよう押しつける訳にはまいりません。実際、我が宮廷にも、名ばかりとはいえ後宮がございます。セネドラ側では、それを知っているからこそ、第八王女を祝賀使節とされたのでしょう」

カウルの眉間《みけん》に深いしわが刻まれる。

たしかに、カウルは即位したその年に、鳳凰城《ほうおうじょう》に後宮を制定した。

それは、内乱の際、不遇な境遇に落とされた貴婦人を救うための一時的措置《そち》だった。

叔父、青梟《あおふくろう》が王位にあった二年の間に、無理強いによって妻や妾《めかけ》にされた令嬢を世間の目から守るためのものだった。

既《すで》に処断された反逆者たちの妻妾と噂されることに比べれば、国王の寵愛《ちょうあい》を受けた者と噂されることは救いだった。

そして、国王の名で、臣下に下賜《かし》されるのは、恥《はじ》ではない。

臣下に嫁ぐ内親王と同等に扱われるのだから。

三年前、エンジュに辛く当たった男爵《だんしゃく》令嬢フレイルも、いまでは青の騎士団団長のもとに嫁いでいる。

それも、カウルが下げ渡したのではない。

狐《きつね》狩りの日に、一番乗りを競った二人が、それをきっかけに愛を育《はぐく》んだのだ。

伯爵《はくしゃく》令嬢イゼルの場合は、幼《おさな》い恋心を忘れずにいた幼友達のもとに嫁いだ。

カウルが制定した後宮の実態が、明らかにされることはないだろう。

だが、彼と身近に接する者ならば、後宮を復活させたことで好色と思われがちなカウルの、修行僧のごとく清廉《せいれん》な日常を理解していた。

多くの宮廷人にはお飾りの王妃と思われている、『聖なる印を持つ乙女』に想いを傾けていることを、知っていた。

「セネドラの王女が屈辱と思おうが思うまいが、余の関知することではない。王女がセネドラに帰れないというのであれば、彼女の面目《めんぼく》が立つまで我が国に滞在するもよかろう。城のひとつもくれてやってもいい。だが、後宮に封じることは断る。よいな」

カウルの決定に、宰相と外務大臣はすぐにうなずいた。

が、またしても女官長が口を開く。

「国王陛下におかれましては、国王の果たすべき務めをどのようにお思いでございましょう」

カウルの青い瞳が、鋭く女官長をねめつける。

「なにが言いたい？」

「恐れながら、申し上げます。私も同じ女性として、セネドラ王国の後宮のような制度はけして望ましいものではございませんし、我が国に導入する必要もないと思っております。しかし、いまだ王室にお世継ぎの生まれる気配はございません。むごい犠牲の上に、王位の正統が守られていることを鑑《かんが》み、ここはセネドラの内親王殿下を側室としてお迎えするのは、我が国にとって得策ではないかと、かように思う次第でございます」

女官長は、言い淀《よど》むことなく、淡々と意見を述べた。

「女官長、そのほう程なく王妃が帰還することを知った上で、余に意見するのか?」

カウルの瞳がその色を増していた。

「私は宮廷の女官を統《す》べる立場にございますゆえ、勿論《もちろん》存じ上げております」

「知った上で、まだ言うか」

カウルの声は穏やかに聞こえた。その口調も王に相応《ふさわ》しいものだった。

だが、カウルは怒りが高まれば高まるほど、かえって冷静になることを宰相は知っていた。

レニオンの丘で、カウルは冷静だった。

それはまるで、風のない日の湖水にも似ていた。

彼は、敬愛する兄を、卑怯《ひきよう》なことに夜襲《やしゆう》によって切り殺した叔父を前にして、感情を乱すことなく、剣を振るった。

青梟の剣が左の目を掠《かす》めたときも、後ろには逃げなかった。

既に定まった所作でもあるかのように、カウルは顔の半分を血に染めながら、青梟の懐に全身で飛び込んでいった。

あの剣戟《けんげき》ひしめき合う戦いの場で、ファラザンド侯爵の耳は、ドンという鈍い音を不思議なほどはっきりと捉えていた。

無意識に音を探して振り向くと、黒獅子の剣は青梟の甲冑《かっちゅう》の継ぎ目を、貫いていた。

それは奇跡だった。

二刻に及ぶ剣と剣との合戦。

その陣頭で、黒獅子は剣を振り回していたのだ。血と脂《あぶら》で、剣の切れ味は落ちていたはずだ。

刃こぼれも一つや二つではないだろう。

なまくらと化した剣で、甲冑を貫けるはずがない。

継ぎ目を狙う余裕など、敵味方入り混じったこの状況であろうはずがない。

それなのに、黒獅子の剣は見事に甲冑の継ぎ目を貫き、青梟の厚みのある身体を串刺《くしざ》しにしていたのだ。

カウルは、やはり表情を無くしたまま、叔父の身体から剣を無造作《むぞうさ》に引き抜いた。

虚空で半円を描いた剣の軌跡を追って、血が迸《ほとばし》る。

降り始めの雨にも似たパタパタという音。

レニオンの丘を朱に染めた血飛沫《ちしぶき》。

その中で、カウルは冷静に、あくまで冷静に、兄の仇の首をその胴体から切り離した。


――この人を怒らせてはならない。


ファラザンド領主エルリク侯爵の脳裏《のうり》に浮かんだ感想は、その一言だった。

黒獅子の御印を持つ男は、怒れば怒るほど冷静になる。

静かに黙り込み、恐ろしいほどの存在感で、自ら信じる道を邁進《まいしん》する。

カウルを怒らせてはならない。

普段の、乱暴で粗野な一面と、気さくで陽気な一面。それもカウルの真実である。

それと同時に、彼は冷徹な一面も併せ持っているのだ。

普段の貴公子らしからぬ言動の裏に、君主に相応しい冷酷な一面を隠し持っているのだ。

無自覚のうちに。


宰相である侯爵の目にも、女官長の言葉は出過ぎたものだった。

「女官長、それ以上は慎《つつし》みなさい」

「お言葉ですが、宰相様。私は、女官長の役職にございます。宰相様が王国全般を視野に収め采配なさるように、私は宮廷の奥を取り仕切っております。お世継ぎをもうけるのは、王位の継続のためには無視できぬ問題。ならばこそ、お怒りを覚悟の上で、申し上げるのです」

「すでに陛下は、この件について結論を出された。セネドラの王女は、あくまで客人。陛下、それでよろしゅうございますか」

「ああ」

「しかし！」

「立場をわきまえよ」

女官長は必死の形相《ぎょうそう》で、言葉を続けようとした。が、カウルがそれを冷たく遮《さえぎ》る。

「女官長、そのほうは敬愛する兄君の乳母を立派に務めあげた。その功から女官長に任ぜられたのは覚えていよう？」

「は、はい……」

「ほう、覚えておったか」

「勿論《もちろん》、覚えております。

白獅子様にお仕えするために、私の人生はあったのだと思っております」

「大層《たいそう》な覚悟だな。では、黒獅子に仕えるは気が重かろう？」

その場に、重い沈黙が落ちた。それは、身じろぎすら躊躇《ためら》われるほどだった。

「そのほうは、兄上の乳母。兄上の母ではない。そして、私の母でもない。それだけは忘れるな」

カウルは、忘れられていた書状を外務大臣に返すと、席から立ち上がった。

「そろそろ祝宴の始まる時刻、そなたらも遅れるでないぞ」

それだけを言い捨て、カウルは気まずい空気に満ちた部屋を後にした。

5

祝宴の開かれる大広間は、賑《にぎ》やかな喧騒《けんそう》に包まれていた。

控えの間で、様子をうかがっていたカウルは、小姓《こしょう》の案内でシェリダンがやってくると、しばらく誰もこの部屋に近づかないよう言い置いてから、先程のやりとりを親友に話して聞かせた。

「陛下《へいか》、少し性急に事を運びすぎたように、私には思えます」

シェリダンの思いがけない言葉に、カウルは苛立《いらだ》った声を聞かせていた。

「なぜだ!? あれでも俺は随分《ずいぶん》我慢したと思っているのだぞ。あの場で解任してもよかったのだ。だが、エンジュが宮廷に戻る日に、奥の人事に移動があれば混乱すると思って、耐えたのだぞ」

「それでございます」

人払いはしたものの、誰がやってくるかも知れぬ部屋。

シェリダンは、黒の騎士団、団長の立場を崩さず、話を続けた。

「もとから、王妃様を快く思わない彼女が、ためになるとは思えないのです」

「馬鹿《ばか》な。あの女になにができるというのだ」

「なにができる、できないではございません。なにをするかしないか、それが心配なのです」

「考えすぎだ」

「そうであれば、よろしいのですが」

「それでは、心配性のシェリダンにお尋《たず》ねするが、後任を誰に任せればいい？」

シェリダンが黙り込むと、カウルは肩をすくめてみせた。

「すぐには思い浮かぶまい？　俺はしばらく様子を見て、エンジュのために骨身を惜しまず働く者を、見つけるつもりだ。適任者がいない場合は、数年待ってエリアを押すつもりだ」

「数年待つにしても、エリアでは若すぎるのではございませんか」

「年齢など関係ない。エンジュを第一と思う者が望ましいのだ」

「一人……、心当たりがございます」

「心当たり？」

だが、二人の会話はそこで中断を余儀なくされた。祝宴の始まる時刻になったのだ。

「シェリダン、エンジュはどうしたのだ？」

この時点でも、エンジュが鳳凰城《ほうおうじょう》に到着したという知らせはなかった。

「見てまいります」

シェリダンが姿を消すのと、広間で係の者が、国王の名を大声で叫ぶのはほとんど同時だった。

予定では、エンジュに腕を貸し、二人揃《そろ》って客の前にでるつもりだった。

それなのに、今年も一人で歓呼に応えねばならないことが、カウルはいつになく虚《むな》しく思えてならなかった。

「馬鹿だな」

カウルは自嘲気味につぶやくと、広間へと足を進めるのだった。

城を挙げての祝宴とはいっても、とうに成人した男の誕生日を祝うものだ。とりたてて、儀式めいたものはない。

宰相の号令で、広間に集まった大勢の客たちが声を揃えて、「おめでとうございます」と乾《かん》杯《ぱい》し、一同杯《さかずき》に口をつけた後で、国王が労《ねぎら》いの言葉をかける。

その後は、変わり映えのしない舞踏会だ。

カウルは、一段高くなった所定の席に座り、やってくる人々の祝福の言葉に耳を傾ける。

舞踏会や晩餐会は、単調になりがちな宮廷生活を彩るものなのだろう。

カウルには時間の無駄としか思えなかったが、こういった宮廷の催しをきっかけに貴族の令息、令嬢は恋を覚え、結ばれることが多かった。

貴族にとっての婚姻《こんいん》は、彼らにとってもっとも大切な「仕事」でもある。

家と家が結びつくことで、新たな勢力を形成することもあるからだ。

最近、巷《ちまた》では大当たりした芝居をきっかけに自由恋愛という言葉が流行《はや》っているが、それはあくまで絵空事にしか過ぎなかった。

宮廷や貴族の館で毎晩のように催される行事は、巧妙に仕組まれたお見合いの場でもある。

時折、思いがけない出会いが生まれ、親の思惑を大きく外すこともあるにはあったが、それが一大事と噂されるのは、滅多《めった》にないハプニングだからだ。

今日のこの舞踏会で、とある伯爵《はくしゃく》家の子息ととある公爵《こうしゃく》家の姫君が、恋に落ちる予定だということをカウルは知っていた。

親たちの健気《けなげ》な努力が功を奏することを、カウルは願っていた。

野心に溢れた某男爵《だんしゃく》が、公爵令嬢を花嫁にと願っているそうで、この男爵に公爵家の後ろ盾《だて》がつくと、困る人間が何人かいるのだ。

ロマンスという心くすぐる響きを隠れ蓑《みの》に、実に散文的な駆け引きが、甘い舞踏曲とともに広間を埋め尽くしている。

カウルは、そんな悲喜劇を間近に見て育った。

兄カシミールと、いまは尼僧《にそう》院に暮らすアリシアの出会いも、なんらかの思惑が働いたことは間違いない。

ファラザンド侯爵家は、王家と縁戚《えんせき》関係を結ぶになんら問題のない家系だった。

年の頃も釣り合いが取れているし、アリシアは幼い頃から将来の美貌を噂されていた。

この二人が結ばれることに、大声で異を唱える者はいなかった。

だから、彼らはごく早いうちに顔見知りとなっていた。

フレイル姫やイゼル姫、シェリダンもそうだ。

彼らは、親同士の暗黙の了解の下、幼友達として同じ時を過ごすことが許されていたに過ぎない。

その中身に注意を払う必要のない、型どおりの祝いの言葉に会釈《えしやく》し、気が遠くなるほど乾杯を繰り返し、くるくると回りつづける舞踏を眺めながら、カウルは少しだけ自分の幸せを考えてみる。

たしかに、エンジュとの出会いは、仕組まれたものだった。

エンジュである必要はなかったのだ。

『聖なる印』さえあればよかったのだ。

だが、白鳥城《しらとりじよう》の薔薇《ばら》園で出会った少女は、生まれて初めて出会う見知らぬ少女だった。

エンジュは、カウルが何者であるか、知らなかった。

知らないで、辺境《へんきよう》の生まれである事をからかった自分に食って掛かってきた。

肉の薄い小さな身体のどこから搾《しぼ》り出したのか、大きな声で怒鳴りつけてきた。

『あなただって、辺境で生まれれば、辺境の言葉を話していたことでしょう！』

エンジュは、中央の言葉でそう言った。

彼女の言葉に、辺境独特の癖《くせ》がない理由は、後で知った。

その異相のため、家からほとんどでることのなかった少女は、故郷の言葉に直接触れる機会が極端に少なかったのだ。

母親が、町の生まれであることも理由の一つだ。

父親が、町で教育を受けたのも理由に数えられるだろう。

だが、隠されるようにして育ったという少女の境遇に、カウルは興味を覚えた。

その、気紛《きまぐ》れな興味が気がつけば、大切な想いとなっていた。

カウルの両親が他界したのは、彼が成人する前だった。

優しい両親だったが、国王と王妃である。

エンジュの十一年に比べれば、その家庭生活は希薄な関係でしかない。

カシミールには、過分な愛情を注ぐ乳母の存在があったが、カウルの乳母は、彼が子供の時分に亡くなっていた。

満たされてはいても、どこか寂しい環境にあって、カウルを暖かく包んでくれたのは、兄の存在だった。

成長の過程では、何事にも秀《ひい》でた兄を時に疎《うと》ましく思うこともあったが、ただ一人、家族と呼べる人物は兄だけだった。

その兄すらも、叔父の手によって殺害されたのだ。

天涯《てんがい》孤独の身の上という点で、カウルとエンジュは同一だった。

カウルにとって、それは絆《きずな》に思える。

わかち合える絆だ。

結び合い、補い合える、大切な絆に思えるのだ。

一度は断ち切られ、断ち切ったつもりの絆は、まだ辛《かろ》うじて結ばれていた。

それこそが、お互いを思う恋心に他ならなかった。

（自由恋愛だぞ）

三年の時を経て、ようやく取り戻した少女をカウルは今まで以上に大切にしたいと思っていた。

三年前、足りなかった言葉を尽くし、お互いをわかり合い、今度こそ二人の絆を固く結びあいたい。

心からそれを願うカウルにとって、貴族でないことを理由に、エンジュを遠ざけようとする女官長の言動は、苦い毒に思えた。

突然『贈り物』としてやってきたセネドラの王女も、そんな彼女を煽《あお》るだけの存在に思え、カウルは疎《うと》ましく思えてならなかった。

ましで、王女に馬車を譲ったため、エンジュがこの祝宴に間に合わなかったことを思うと、面憎《つら》くさえ思えてくる。

ところが、隣国の王女であるため、彼女の席はカウルの右隣に設けられていた。


「陛下」

セネドラの王女の﨟長《ろうた》けた美貌は、この国の宮廷人にため息で持って迎えられた。

『贈り物』とわざわざ書いて送ってきたのだ、セネドラの国王には受け入れられる自信があってのことだろう。

「この果物の名を教えてくださいませ。セネドラでは目にしたことがございませんの」

王女もまた、自分が拒絶されるとは努々《ゆめゆめ》疑っていないことが、その言葉の端々、意味ありげな視線の一つ一つに感じられた。

「それは、エクタルという。赤い果肉で瑞々《みずみず》しい果汁で知られている。南方の果物だ」

「まあ、南方の?　北のセネドラで見たことがないのも道理ですわね」

気のない答えを返すのも、もうしばらくの辛抱だと、カウルは自分に言い聞かせる。

もうじき、エンジュがやってくる。

あの、生真面目《きまじめ》で澄んだ瞳の恋人は、けして約束を違えたりしないはずだ。

「陛下」

セネドラの王女が、また話し掛けてくる。

うんざりした思いで、顔を向けると小首を傾《かし》げて、カウルの瞳を覗き込んでいる。

「陛下の瞳は、なんて美しいのでしょう。サファイアのようですわ」

「いや、王女の瞳も大変美しいと思うが」

「いいえ、私の瞳は、薄い青で……。セネドラの宮廷では蒼氷色《アイスブルー》と呼ばれておりましたの」

「それはそれは……もっとも価値のあるダイヤモンドも、アイスブルーが最上級といわれていましたね」

「まあ、陛下……。ありがとうございます」

そう言って、なぜだか恥じらって見せるセネドラの王女に、カウルはすでに食傷《しょくしょう》気味だった。

（おれはダイヤの話をしたんだ。何もおまえの瞳がダイヤのようだといったわけじゃない）

同じ薄い青でも、春の空を映したようなエンジュの瞳のほうが、百倍も美しいとカウルは、一人ごちていた。

「陛下」

また、セネドラの王女が話し掛けてくる。

この猫が鼻を鳴らすような甘えた声も、聞く人が聞けば、可愛《かわい》くも思えるのだろう。

だが自分には、雑音に他ならないと、カウルは無情にも考えていた。

「なんですか、セネドラの王女?」

「陛下、そろそろ、名前で呼んでいただけませんかしら?」

カウルは無理に作った笑顔を引きつらせていた。一度か二度きいただけで、異国の響きを持つ名前を覚えられるものではない。

端《はな》から興味がないのだから。

「どうぞ、心安くリアネージェとお呼びくださいませ」

王女が自ら名乗ってくれたことに、カウルは正直ほっとした。

まさか、宰相を呼び寄せ尋ねるわけにはいかないだろう。

それはいくらなんでも失礼にも程がある。

「リアネージェ王女、これでよろしいですか?」

「ええ、カウル様」

カウルの我慢の限界も、間近だった。

(いつ、俺が名前で呼んでいいと言った。

俺が名前を呼ぶことを許したのは、エンジュとシェリダンだけだ、この馬鹿女!)

「セネドラの王女、我が国ではうら若く高貴な女性が、男性を名前で呼ぶことは、慎みのないこととされている。覚えておかれるがいい」

「まあ、陛下。ご忠告ありがとうございます。セネドラでは、心を開いた証として名前で呼び合うことが喜ばれるものですから、つい……」

カウルは、思いつくまま、出鱈目《でたらめ》を口にしただけだった。

ともかくこれで、二度と不快な思いはしなくてすむだろう。

「陛下」

だが、セネドラの王女は、引き下がらない。

それがセネドラの王宮では、効果的だったのだろう。

白銀の長い髪を白い指でさらりとかきあげながら、彼女はまた甘く囁く。

「先程からお伺《うかが》いしたいと思っていましたの」

「余に答えられることであればいいのだが」

「陛下の左隣の席は、空席のままですが、どなたかいらっしゃるのでしょうか?」

「ええ」

カウルは素《そ》っ気《け》無く答えた。

「どなたですの?」

「私の左は、王妃の席です」

「王妃様……」

そう呟くと、セネドラの王女は、そっと視線をそらし、細いため息をついた。

そのため息に、憐憫《れんびん》の情が込められていることを、カウルは敏感に感じ取っていた。

セネドラの王女は知っているのだ。

王妃が、宮廷を長きにわたって離れていることを。

静養先から、帰らないことを。

おそらく、黒獅子王の後宮に封じられるのだと、因果《いんが》を含まれてきたはずだ。

後宮をおいても、側妃をすぐ臣下に下賜《かし》すると聞いているのだろう。

宗教的な理由から、王妃を廃することはありえない。

黒獅子王の王妃は、世にも稀《まれ》な『聖なる印』の持ち主なのだから。

だが、静養を名目に遠ざけられていると、口さがない連中が噂していることを、カウルは勿論《もちろん》知っていた。

それが、セネドラの王宮にも伝わったのだろう。

王妃にはなれなくとも、国母になることは可能なのだ。

セネドラの国王は、娘にそう言って聞かせたに違いない。

そして、それを聞いた娘は、セネドラ王家の血をこの国に投じる覚悟でやってきたに違いない。

王女の披露《ひろう》してみせた媚態《びたい》の数々が、それを物語っている。

カウルの頬が怒りに赤く染まり、青い瞳はますます色を濃くした。

（もう、一秒足りとも、この女の声を聴きたくない）

カウルは、無言で椅子から立ち上がった。

その勢いで、椅子が大きく後ろに滑り、耳障《ざわ》りな音が響いた。

音楽や人々の談笑で、賑やかだった大広間に、それは異質な音だった。

だからだろう。

一瞬すべての音がやんだ。

人々の耳目《じもく》が、国王に集まったのも致し方ない。

誰も彼もが、突然椅子を軋《きし》ませ立ち上がった黒の獅子王に意識を向ける。

自分たちの戴く若き国王がなにを告げるのだろうと、待ち構えている。

その中で、カウルはたしかに自分を失っていた。

退席するために立ち上がったのだ。言うべき言葉など見つかるはずもない。

カウルの思いがけない窮状《きゅうじょう》を、結果的に救ってくれたのは、無二の親友であるシェリダンだった。

聖十字星章の騎士は、広間の入り口で声を張り上げた。

「王妃様のおなりです！」

黒いマントを翻《ひるがえ》し、シェリダンは大きく一歩、横に退いた。

その後ろに、ほっそりとした肢体《したい》をパウダーピンクのドレスで包んだ美しい姿があった。

春の日差しを思わせる、淡く輝く金の髪。

薔薇色の頬に、薔薇色の唇。

空の色と、森の色を映した二色の瞳。

額には可憐に息づく、銀朱の花。

そして、その頭上に戴くのは、王妃の証である国宝のティアラ。

エンジュは、ドレスの裾《すそ》をつまみ、いとも優雅に一礼した。

「エンジュ!」

カウルのその一言で、その場に居合わせた全員は、自分たちが耳にした噂が間違っていたことを知った。

黒獅子王が王妃を疎《うと》ましく思い、デセールザンドに遠ざけたなどと、いったい誰が言い出したのか。

黒獅子王は、『聖なる印を持つ乙女』を大切に思っている。

彼女はお飾りにしか過ぎないなどと、どこの誰が言いふらしたのか。

噂が真実ならば、――――。

なぜ黒の獅子王が、少年のように頬《ほお》を薔薇色に染め、王妃のもとに駆けつける必要がある。

なぜ、その小さな手を取り、くちづけを落とす必要がある。

なぜ、大事な宝物のように、優しく抱き寄せ、額の聖なる印に唇を寄せる必要がある。

噂が真実ならば、――――。

なぜ、王妃は幸せそうに笑うことができる。

なぜ、涙で潤《うる》んだ瞳で王を見つめることができる。

彼らは、異国の美姫を、感嘆のため息で迎えた。

だが、三年ぶりに帰還した王妃には、拍手をおくった。

王の腕の中で、花が綻《ほころ》ぶように笑う王妃を見つめながら、暖かい拍手をおくるのだった。

第二章　麦月の朔

―


「随分《ずいぶん》遅かったのだな?」

ようやく二人きりになると、カウルはすぐさま尋《たず》ねた。

「申し訳ございません」

「いや、謝る必要はない。怒っているわけではないからな。それよりも、エンジュが宮廷に戻ってくれたことを、俺はなによりも嬉しく思う。おかえり」

「ただいま、戻りました」

二人は、庭園の奥にいた。

三年前、二人で季節はずれの睡蓮《すいれん》を眺《なが》めた、あの水辺の東屋《あずまや》で寄り添い、夏の夜風に乗って時折聞こえてくる音楽に、聞くともなく耳を傾けていた。

「エンジュ」

カウルは、エンジュの顎《あご》を捉《とら》えると、そっとくちづけを落とした。

触れるだけのくちづけは、優しさに溢れていた。

「睡蓮は……、さすがに咲いていないな」

「ええ」

二人とも、どこか上の空だった。

お互いがすぐ側にいる。それが二人の胸をいっぱいにする。

デセールルザンドの城でも、二人は優しいときを過ごしたが、それは本当に短いものだった。

国務の合間を縫っての逢瀬《おうせ》であるから、数時間の滞在が限界だった。

時間を気にしていては、ゆっくりと愛を語る余裕などあるはずもない。もともと、甘い言葉などとは縁のないカウルだ。

生まれて初めて味わう甘い感情は、エンジュを普段にもまして臆病《おくびょう》にしたし、恥《は》ずかしがりやにさせた。

そんな二人に、限られた時間のなか出会いを確認するような大胆《だいたん》さは望むべくもない。

だが、今日からは違う。

エンジュは戻ってきたのだ。

麦月《九月》の朔《ついたち》、カウルが願ったことを、今日から二人で現実にするのだ。

――――我と共にありて、我が支えとならんことを、我は祈願する。

「カウル様？」

「うん？」

正面から見つめてくるカウルの瞳から逃げるように、少しだけ顔をうつむけてエンジュは早口で言った。

「広間を留守にして、本当によろしいのですか？　カウル様のお誕生日のお祝いなのに……」

「問題ない。最初の乾杯《かんぱい》さえ終わってしまえば、国王なんて煙たいだけだからな。それに、おまえが余りに遅いから、待ちくたびれて退出しようと立ち上がったところだったんだぞ」

「まあ……、それは本当に申し訳ございませんでした」

「だから、謝るなといったろう。おまえがセネドラの王女に馬車を譲《ゆず》ったから遅れたことは聞いていたからな。仕方なかろう。捨て子の話も聞いたぞ。随分《ずいぶん》小さい赤ん坊だったそうだな？」

「はい、まだへその緒《お》がついているような、生まれたばかりの子供でした」

「心配だな」

「いいえ、信頼できる職員に任せてまいりましたから」

エンジュは、静かに微笑《ほほえ》んでみせた。

「無理をしなくてもいいのだぞ。おまえがデセールザンドを離れたくなかった、大きな理由の一つだろう？」

エンジュは、何も言わない。

「孤児院の子供たちは、おまえを母のように慕っているからな。子供たちには、いまのその姿を見せたのか？」

「はい」

「なんと言っていた？」

無邪気《むじゃき》な子供たちの素朴《そぼく》な賛辞《さんじ》を自《みずか》ら口にすることは、エンジュの性格ではできるはずがなかった。

「無理に答えなくてもいいぞ。綺麗《きれい》だと誉《ほ》めそやしたことだろう。実際、綺麗だからな」

褒められることに慣れていないエンジュは、カウルの言葉に居心地の悪い思いをするだけだ。

「そのドレスに似合うかどうかは、男の俺にはわからないが、これを貰《もら》ってくれ」

カウルはそう言うと、どこに隠していたのか、指輪をひとつ取り出した。

「ほら、左手を貸せ」

エンジュがおずおずと手を差し出すと、カウルは、左手の中指に指輪をはめてやった。

金の指輪。

正面には、小粒のルビーが、花のように埋め込まれていた。

「カウル様、これは……」

エンジュの脳裏《のうり》にあざやかによみがえる光景があった。

三年前、カウルはエンジュの二色の瞳をアクアマリンとペリドットにたとえ、それを散りばめた美しい首飾りを贈ったことがある。

その時、エンジュが心から慕う美しい女性が言ったのだ。

『額の花をお忘れですか?』と。

カウルの答えは、

『指輪を作らせている』だった。

それが、この指輪だと、エンジュにはすぐ理解できた。

「おまえの額の花を象《かたど》って作らせた。俺が持っていてもしょうがないから、デセールザントに送ろうかとも思ったんだがな。

……送らなくてよかった。指輪を送るときは、こうして直接はめてやるほうがいい」

エンジュも素直にうなずいていた。

この指輪だけ、使者の手で送られてきたならば、きっと自分はまた誤解していただろうと、エンジュは思った。

形だけの妻なのだと、また泣いていただろう。

「気に入ったか?」

「はい、ありがとうございます。とても綺麗。大事にしますね」

「大事にしろ。この指輪自体は、一度作り直したんだ」

「作り直す？」

「うん、実はな、指輪自体は、おまえがデセールザンドに静養に行った頃、出来上がっていたんだ。だが、つい最近、新しい金の鉱脈が発見されて、それで作り直した」

辺境《へんきょう》の農家に生まれたエンジュには、その説明だけではなぜ新しく作り直す必要があるのか、理解できなかった。

新しい鉱脈の金というものは、以前からある鉱脈の金より価値があるということなのだろうか。

エンジュが首を傾《かし》げていると、その気配を敏感に察したカウルが、言葉を重ねた。

「おまえの生まれたフェイセル村の近くに、石切り場があったろう？」

「はい」

「あそこだよ。あそこで新しい金の鉱脈が見つかったんだ。その最初の献上品をみたとき、おまえの指輪をこれで作り直そうと思った。

これからは、指輪を見れば故郷を偲《しの》ぶことができるだろう？」

エンジュは、胸が熱くなるのを感じた。

自分の指の上で輝く金と赤の美しい指輪。

たしかに、この指輪を眺めるたびに、どれほどの想い出を偲ぶことができるだろう。

輝く金に故郷を偲び、煌《きら》めくルビーに二人で眺めた銀朱の花を思うだろう。

デセールザンドの城の湖で朝靄《あさもや》の中、恥じらうように花を閉じた睡蓮も思い出すことだろう。

それだけではない。

いま、この瞬間を。

カウルが、直接指にはめてくれた、この夜のことを思い出すだろう。

三年ぶりに帰ってきたこの日のことを、思い出すだろう。

そして……、カウルがこの指輪にこめた想い。

「過去のしきたりに縛られることはない。いつか、二人でエンジュの両親の墓参りにいこう」

「はい」

「その前に、俺の両親の墓も参ってくれ」

「はい、はい……」

エンジュはこみ上げてくる様々な想いに、もう耐えることはできなかった。

鼻の奥がつんと痛み、目頭がじわりと熱くなってくる。

「エンジュ、泣くな。泣くと、俺まで泣きたくなるからな」

「でも、……」

エンジュは呼吸を整えながら、これだけは伝えなければと、必死になっていまの思いを言葉にする。

「……これは、悲しくて流す涙ではありません。嬉しくて……」

「嬉しくても泣けてくるのか？　女というものは、不思議だな。だが、おまえが嬉しくて泣くのなら、許してやる。それは、……つまり、俺に会えて嬉しいのだろう？」

カウルらしい、無神経で傲慢《ごうまん》な言葉だった。

だが、その誇らしげな口調はどうだろう。

「エンジュ」

カウルは、東屋の欄干《らんかん》に腰をおろし、大理石の柱に背中を預け、両手を開いた。

「おいで」

カウルの意図を察して、エンジュは今度は恥ずかしそうに俯《うつむ》いてしまったが、カウルは腕を伸ばし、強引に抱き寄せた。

力強い腕が、ふわりとエンジュの身体を抱き上げ、膝《ひざ》に降ろす。

「三年も離れていたせいだな。一からまた教えなければならん。エンジュ、この腕は、おまえだけのものだ」

エンジュは、はにかみながら、小さくうなずいた。

「それと、キスするときはどうするんだ？」

ここが暗い庭園でなかったら、カウルはエンジュの頬《ほお》が真っ赤に染まったのを、つぶさに眺めることができたろう。

「さあ……」

エンジュは、震えだしそうな声を無理に抑えて、知らぬふりをしてみせた。

「デセールザンドの領主は、領民の名前は一度聞いたら忘れないとの評判だが、はなはだ怪しいな。それとも、俺が領民でないから軽んじているのか?」

「カウル様!」

カウルの嫌味《いやみ》に、エンジュが慌てて抗議しようとすると、カウルの大きな手が、エンジュの頬を左右から包み込むようにして捉える。

いまにも鼻と鼻が触れ合いそうな至近距離で、カウルはもう一度囁《ささや》いた。

「キスするときは?」

エンジュは、観念したように瞼《まぶた》を閉じた。

それは、鳳凰城《ほうおうじょう》で迎えた最初の朝、カウルがエンジュに教えたことだった。

カウルは、満足げに唇の片端だけ引き上げると、熱い抱擁《ほうよう》とくちづけを飽きるまで繰り返したのだった。

◇　◇　◇　◇　◇

『シジューム、これはどういうこと？』

セネドラの王女は、母国の言葉で傍《かたわ》らに控える忠実な女騎士に、尋ねていた。

『黒獅子《くろじし》王と王妃は不仲ではなかったの？　私は父上からそのように伺《うかが》っていてよ』

シジュームも故国を離れるにあたって、そのように聞かされていた。

叔父《おじ》である青梟《あおふくろう》を討ち、王位を正統に戻した若き国王は、勇猛なだけでなく、王権の強化のため、古くから伝わる伝説を利用する奸知《かんち》に長《た》けた男だと、セネドラの宮廷には伝わっていた。

二年で王位を取り戻し、この三年で乱れた国内を掌握《しょうあく》した、名君と評されている。

欠点があるとするなら、好色な点だと噂《うわさ》されていた。

たしかに、名ばかりの王妃は、婚姻後半年も経たぬうちに、地方の城に封じられ、王妃のいない居城に異国の習慣を真似《まね》て後宮《こうきゅう》を作り、名高い美姫《びき》を住まわせたと聞いている。

いまだ愛妾《あいしょう》と呼ばれる存在はなく、せっかく集めた美姫も、すぐに飽きては臣下に下賜《かし》するということだ。

セネドラには、古くから後宮の制度があるため、一概《いちがい》に黒獅子王の乱れた私生活を欠点とする考えはない。

だが、在位五年にして、いまだに世継ぎのない黒獅子王は、セネドラの宮廷ではその一点で責められても仕方がないのだ。

世継ぎを儲《もう》けるのは、国王の大切な務めである。

おそらく、黒獅子王の心を射止める者がいないのだろうと、セネドラの王は考えた。

若い男にありがちなことだ。

美しい花々に目移りして、夜毎蜜《みつ》を無駄に零《こぼ》していては、できるものもできない。

幸いなことに、セネドラの国王には美しい娘が何人もいた。

王家の血を引く、高貴な美姫。

正式な婚姻を結ばずとも、世継ぎさえもうければ、国母として大切に扱われるだろうし、セネドラの血を引く御子がいずれ王位につけば、セネドラも安泰《あんたい》である。

そう結論をだしたセネドラの王が、白羽《しらは》の矢を立てたのが、第八王女リアネージェだった。

リアネージェは、母の出自《しゅつじ》こそ特筆するものではなかったが、その美貌、その才気で、父親に可愛がられていたし、彼女の降嫁《こうか》を願い出る家臣も多かった。

語学に優れ、歌もうまい。

なにより、二十一歳という年齢は、黒獅子王と釣り合いが取れている。

それに、母親はリアネージェを筆頭に五人の子を挙げた。聞けば、その母も七人の子宝に恵まれたというから、世継ぎが期待できる。

これは、セネドラの王の一方的な思惑でもなかった。

いまだ独身の王女は、七人いたが、そのうち二十歳を過ぎた王女は四人。その四人が四人とも、黒獅子王の後宮に入ることを希望したのだ。

王女たちは、みな後宮で育てられる。つまり、彼女らは後宮と宮廷しか知らないのだ。嫁いだ三人の姉姫たちは、時折宮廷に里帰りと称して帰ってくるが、そのたび聞かされる『一般家庭』の生活ぶりは、贅沢《ぜいたく》に育てられた王女たちには、悲惨なものにしか思えなかった。夫や舅《しゅうと》、姑《しゅうとめ》の許可なくドレスもアクセサリーも新調できないなんて、信じられない。

それに、宮廷の催しに出席するときも、降嫁すると夫やその家の爵位《しゃくい》で序列が決まる。国王主催の音楽会で、伯爵家に嫁いだ第一王女が、侯爵家に嫁いだ第二王女に頭を下げ席を譲る姿は、リアネージェたちには衝撃だった。

兄弟たちの境遇は、生母の出自に大きく左右されるが、王女たちはその限りではない。生まれた順番がすべてであった。それなのに。

つまらない相手と結婚すれば、つまらないことになる。

彼女たちにとって、それは重大な問題だった。

家臣に嫁ぐより、他国の王家や大貴族のもとに嫁ぎたい。それが、セネドラの王女たちの願いだった。

そんな彼女たちにとって、黒獅子王は格好の相手だった。

正妃になれないことは少し残念ではあるが、いまだ一人の御子もいないのだ。国母となる可能性が高い。

上は二十五から下は二十までの四人の王女たちは、自薦他薦《じせんたせん》を繰り広げ、その結果としてリアネージェが選ばれたのだ。

リアネージェは、意気揚々《いきようよう》と黒獅子王のもとにやってきた。

女に目がない国王だから、その日のうちに夜伽《よとぎ》を命じられることもあるだろうと、リアネージェは覚悟していた。

だが、半刻前、目の前で繰り広げられた出来事は、彼女の覚悟を嘲笑《あざわら》うものだった。

王妃が宮廷に戻ってくることがあろうとは、考えたこともなかった。

『黒獅子王はどちらにいらっしゃったの？』

リアネージェは、きつい口調で女騎士を問い質《ただ》したが、シジュームに答えられるはずもない。

『肝心《かんじん》の陛下がいらっしゃらないのに、私はいつまでここに座っていなくてはならないの？』

『殿下、ただいま外務大臣か宰相閣下にうかがってまいります。しばしお待ちくださいませ』

シジュームが、そう答えて顔を上げると、目の前に黒いマントの騎士が立っていた。

『あ、……』

シジュームが声をあげると、リアネージェもそちらに視線をやった。

「そなたは、たしか……、陛下とご一緒にいらした……」

シェリダンは恭《うやうや》しく一礼すると、セネドラの言葉で話した。

『お声を戴《いただ》き、恐悦至極《きょうえつしごく》に存じます』

正式な場で、格下の者が目上の者に声をかけることは禁じられている。

リアネージェが先に話し掛けてくれたおかげで、シェリダンは付き従うシジュームを通さず、直接異国の王女と話すことができるのだ。

『そろそろ夜も更けてまいりました。よろしければ、お部屋にご案内するよう、黒獅子王から言い付かってまいりました』

『陛下は？』

『すでにご退出にございます』

リアネージェは、扇で軽く手のひらを叩くと、『案内なさい』とシェリダンに命じた。

この時点でも、リアネージェはいまだ自分の美貌を信じていた。

セネドラの宮廷を、常に魅了《みりょう》していた自分だ。

黒獅子王が無視できるはずがない。

そう信じていた。

黒獅子王の騎士が、広間の外で待機していた女官長に自分を預けたとき、それは確信となった。

後宮の責任者がこの女官長であることを、知っていたからだ。

しかし、女官長が案内した部屋は、城に到着した際、案内された部屋だった。

勿論《もちろん》、一国の王女の部屋に相応《ふさわ》しく、広さといい調度といい申し分なかった。

清潔に整えられ、瑞々《みずみず》しい花が飾られ、居間のテーブルには果物やちょっとしたお菓子が、綺麗な皿に体裁《ていさい》よく盛られていた。

しかし、この部屋は後宮ではない。

到着時に案内したのは、可愛らしい僕童だった。

後宮とは、国王以外は男子禁制と決まっているはず。

「女官長」

リアネージェは、屈辱《くつじょく》に身を震わせながら、口を開いた。

「はい」

女官長は軽く膝をおり、セネドラの王女の言葉を待った。

「陛下は、私がセネドラ国王の名代《みょうだい》として貴国にまいりました、真の意味をご存知ですか?」

女官長は答えを迷った。

かつて、国王の長子の乳母を務めた女官長である。由緒正しい家柄に生まれ、家格に見合った貴族に嫁いだ身である。

国が違うとはいえ、この王女がどれほどの覚悟でやってきたか、想像はつく。

その王女に、カウルの言葉を伝えることが、女官長には躊躇《ためら》われた。

女官長の沈黙を、セネドラの王女は自分に都合よく理解した。

「女官長、外務大臣とお会いしたいので、こちらにお連れしてください。セネドラ国王の親書の件でといえばわかるはずです」

半刻後、外務大臣の口から告げられた言葉は、セネドラの王女にとって意外なものだった。

「もう一度、お話しください？」

「はい、国王陛下におかれましては、セネドラ王国リアネージュ内親王殿下が我が宮廷にご滞在くださいますことを、心から喜ばしくお思いにございます。ご滞在中は、宮内省の者がおそれながら御用を務めます。また、奥向きの御用は、こちらに控えます女官長になんなりとお申し付けください。

滞在中、御身の自由は保証されております。王国内の観光を希望される場合も、宮内省の御用係か女官長にお申しつけください。最大限の便宜《べんぎ》を図らせていただきます。もし、気に入られた地がございましたら、そちらに仮の館を用意する準備もございます」

王女の部屋に、ざわざわと不穏な空気が立ち込める。

後宮に封じられる王女に随行《ずいこう》してきた侍女たちも、二度と故郷の土を踏めない覚悟でやってきたのだ。

後宮で華やぐようにと、数こそ六人と少ないものの、選りすぐりの美女、才女の集団である。

彼女たちは、外務大臣の言葉の真意を正確に理解し、大いに戸惑っているのだ。

信じられないことだが、黒の獅子王は自分たちの美しい女主人を拒んだのだ。

それだけではない。

その自由を保証するといえば聞こえはよいが、気に入った土地に館を用意するということは、鳳凰城にいる必要はない。むしろ、出て行けと言ったも同然である。

女主人の華やぐ姿を思い描いていた彼女たちにとって、それはあまりに酷《ひど》い言葉であった。屈辱《くつじょく》であった。

侍女たちですら、そう思うのだ。

当のリアネージェにとって、どれほどの衝撃だったろう。

白銀の王女は、なにかを語るため口を開き、大きく息を吸った。

抜けるように白い肌《はだ》が印象的な姫である。

その白い肌が、いまは完全に血の気を無くし、青ざめている。

その青ざめた顔の中で、長い睫《まつげ》に縁取《ふちど》られた瞳は、瞬きを忘れたまま大きく瞠《みは》られている。

紅を引いた唇だけがかすかに震えている。

その唇からどのような言葉が飛び出すことかと、外務大臣も女官長も身構えた。

だが、いくら待っても王女の唇から、罵《ののし》る言葉も、哀《かな》しむ言葉も聞こえてはこなかった。

リアネージェは、思いがけない事の展開に、極度の緊張を覚え、意識を鎖《とざ》してしまったのだった。

「リアネージェ様?・」

「王女様!?」

セネドラの侍女たちが、主に取りすがり、悲鳴をあげる。

外務大臣は、その成り行きに三文芝居を見る思いだった。

望みもしないセネドラ国王の『贈り物』は、黒獅子王の言葉どおり、ありがた迷惑な代物だった。

しかし、外務大臣の隣で、やはり事の一部始終を知る羽目になった女官長は、また違う思いがあった。

女官長の目に、意識を失い侍女たちに介抱されるセネドラの王女は、ただただ可憐《かれん》に映った。

高貴な血筋《ちすじ》に生まれ、故国のため、父王のため、単身異国にやってきた美貌の王女。

思いがけない運命の悪戯《いたずら》に耐えかねる、か弱き花。

女官長の目に、セネドラの王女は、理想の貴婦人として映った。

それは、鳳凰城に君臨《くんりん》する女主人の理想でもあった。

2

次の朝、エンジュは心地よいぬくもりの中で朝を迎えた。

半覚醒の状態で、重い瞼《まぶた》をこすっていると、耳元でくすくすという笑い声が聞こえてくる。

エンジュは、驚き慌ててベッドに手をつき上半身を起こそうとした。が、それは熱い腕に拘束され、無駄《むだ》な努力となってしまった。

「おはよう」

「カウルさま!?」

「なにを驚く?」

「え、あ……私?」

エンジュには、昨夜の記憶が途中から抜け落ちていた。

庭園の奥の東屋《あずまや》で、カウルに抱きしめられたことまでは覚えているが、その後の記憶がはっきりしない。

どうやって城に戻ったのか、どうしても思い出せない。

「困った奥方だ。長旅で疲れたとはいえ、夫を置いてさっさと眠りの国に一人で行ってしまう。つれないにも程があるぞ」

「え、眠る?」

「覚えていないのか? キスをしているうちにくたりとなったから、気をよくしたのに。おまえときたら、すやすやと寝息を立てているじゃないか」

「そんな……」

「それとも、俺のキスに酔ったのか?」

「私、お酒はいただいてませんが……」

「馬鹿《ばか》、気持ちよかったのかと聞いているのだ。俺のキスに、少しは感じたか?」

「カ、カ、カ……」

「そうか、感じたのか」

「カウルさまぁ――――!!」

相変わらずカウルは乙女心に疎《うと》く、無神経な言葉を平気で口にしたが、幾分《いくぶん》エンジュも成長したようで、恥じらいはするものの嫌悪感まで抱くようなことはなかった。

「どうした? 真っ赤になって、俺たちは夫婦なんだからな、こういうふれあいは大切なことだからな」

カウルは口の端を上げてにやりと笑うと、体を起こし、エンジュの額にキスを落とした。

「朝食は俺の部屋で摂《と》るから、早く起きて支度をしろ。食事が終わったら出かける。おまえに見せたいものがあるんだ」

カウルがそう言って、ベッドからおりる。その背後で、エンジュがまた悲鳴をあげた。

「カウル様!!」

「今度はなんだ?」

振り返ると、エンジュはシーツで顔を隠している。

「どうした? 気分でも悪いのか?」

「カ、カ、カウル様、お召し物を……」

「ああ」

カウルは、生まれたままの姿だった。

「何を今更、初めてでもあるまい」

「初めてです」

シーツ越しにエンジュのくぐもった声が、きっぱりと言い捨てる。

「ふん、そうか。三年前はそうだったかもしれないな。だが、城にいれば毎日着替えるんだ。この方が面倒《めんどう》がない。早く慣れろ」

おかしくてたまらないといった口調で、一度はベッドを離れたカウルの声がまた近づいてくる。

「それにエンジュ、おまえだって同じだ。恥ずかしがることもないのではないか。しかし、意識のない者を脱がすのは、大変な作業だな」

エンジュは声にならない悲鳴をあげて、シーツの隙間《すきま》から自分の身体を見下ろした。が、きちんとアンダードレスは身につけていた。

「え?」

きょとんとするエンジュの横で、カウルが大声で笑い出す。

「嘘だよ、オーバードレスは脱がせてやったがな、それ以上は勘弁《かんべん》してやった。また嫌われたくないからな。だけど、次はその限りではないぞ。覚悟しとけ」

エンジュは、そう言って覗《のぞ》き込むカウルの顔に羽枕を叩きつけてやった。

「知りません!」

ベッドに突《つ》っ伏《ぷ》し、笑い転げるカウルをその場に残し、逃げるように寝室を後にすると、隣の間に侍女のエリアが所在なげに待っていた。

「エリア」

「王妃様」

エリアは、まるで言い訳でもするように、早口でしゃべりだした。

「あの、昨夜、黒獅子《くろじし》様の御付きの方から、明日の朝食の時間までに、王妃様のお召し物を運ぶようにと言われまして、それでこちらまで伺《うかが》いました」

「あ、ありがとう」

なんとも気まずい雰囲気の主従だった。


カウルがエリアに用意させた衣服は、乗馬服だった。

デセールザンドで、エンジュは毎朝の散歩と食後の乗馬を習慣としていた。

アリシア姫の居城で、初めて乗馬の手解《てほど》きを受けた日から四年近い歳月が過ぎている。

今では、美しい姿勢で上手に乗りこなせるようになっていた。

「これなら、狩猟《しゅりょう》にも安心して参加できるな」

カウルが嬉しそうに言うと、エンジュは苦笑まじりに答えた。

「乗馬はどうにかついて行けますが、私は弓は扱えません」

「そうか、それもあったな」

数騎の護衛とともに、二人が向かった先は、都の中心から少し外れた西側だった。

そこは荒れ果てた場所だった。

繁華街から外れているとはいえ、都の中心からそれほどはなれていないのに、なにもない広大な荒れ野原だった。

騎乗のまま、カウルは鞭《むち》で目の前に広がる荒れ野を右から左へとゆっくりと指し示し、エンジュに告げた。

「エンジュ、自然とは素晴らしいものだな」

エンジュは、押し黙ってカウルの言葉に耳を傾けた。

「ここは以前、衛兵隊の兵舎や武器庫があった。向こうのほうには家族向けの兵舎もあったので、それなりに賑《にぎ》やかな町を形成していた。俺も王子だった頃、兄のお供で何度か視察に訪れたが、下水施設が不備だったため、大雨が降ると少し大変なことになってね。まあ、それもご愛嬌《あいきょう》というか、活気のある町だった。もう七年になるのか、青梟《あおふくろう》の乱の際、ここの武器庫に火が放たれたのは」

夏の熱い風が、音もなく通り過ぎて行く。

「俺は、反乱の当日、たまたま都を離れていた。そのため、ここがどんなありさまだったか、実際に目にしていない。三年前だ。いや四年か？　レニオンの丘で、兄の仇を討ち、二年ぶりに都に入って、ここを訪れた。焼き討ちにあって、二年が経っていたが、ここはまだきな臭《くさ》く思えたよ。なにもかもが焼け落ちていた。

あの辺《あた》りに、小さな教会と、その広い庭があったはずなんだ」

カウルの鞭が指し示す先には、黒く煤《すす》けた建物の土台らしきものがわずかに残っているだけだった。

「教会の庭に、石榴《ざくろ》の大きな木があったのを覚えている。近くに住む子供たちは、石榴の季節になると、勝手に実をとって自分たちのおやつにしていた。教会の僧侶《そうりょ》は、人のいいじいさんで目を細めて、それを眺めていた。

僧侶の遺体は、教会の祭壇の近くで発見されたそうだ。あの反乱さえなかったなら、おまえに一番大きな石榴をもいでくれただろうにな」

カウルの声が、あまりに穏《おだ》やかで、エンジュにはかける言葉が見つからなかった。

「エンジュ、俺はおまえにこの地を与えようと思う」

カウルの言葉にエンジュは、心から驚いた。

「与える…、とはどういう意味でしょう?」

「瓦礫《がれき》を運び出すのに、随分《ずいぶん》時間がかかってしまったが、俺はここを以前のような賑《にぎ》やかな町にしたい。衛兵隊の兵舎と武器庫は違う場所に移転したので、いまさしあたってここに欲しいものは、教会だな」

「カウル様?」

「エンジュ、それらの一切《いっさい》をおまえに任せたい」

カウルは、青味を増した瞳で、隣に馬を並べるエンジュをまっすぐに見つめた。

「この春、デセールザンドから災害助成金はいらないとの報告があったとき、俺は正直腹立たしかった」

朱雀《すざく》五年の花月《四月》、王国の一部を季節外れの雹《ひょう》が襲《おそ》った。

春の作付けが終わる時期だったため、被害は甚大《じんだい》だった。

幸いなことに、もう一度麦の作付けは可能な時期だった。王国の穀物庫と呼ばれる地域だったため、カウルは国庫を開き助成金を支給することにしたのだが、デセールザンドだけがそれを必要ないと断ってきたのだ。

「俺はおまえに嫌われていると思っていたからな。おまえが憎い俺の援助を拒《こば》み、領民の苦労もわかろうとせず、駄々をこねていると思ったのだ」

聞きようによっては、ひどい言葉であったが、それを語るカウルの口調がとても静かで、エンジュには言葉の挟みようがなかった。

「それで、シェリダンをデセールザンドに行かせたわけだ。奴の報告に、俺は驚きもしたし、喜びもした。エンジュ、おまえは領主として立派にデセールザンドを治めていた」

エンジュは、馬上で、左右に大きく頭を振った。

「カウル様、私に何ができますでしょう。私は、辺境《へんきょう》に生まれました。タリザンドは土地自体は、滋味《じみ》豊かです。でも、気候には恵まれていません。春先に、忘れ雪が降ることも度々《たびたび》あります。そんな時、両親がどうしていたか、思い出したに過ぎません。立派だなどとおっしゃっていただくと、恥ずかしくてなりません」

「なるほど、それでデセールザンドには麦の備蓄《びちく》が十分にあったのだな。そうか……。

だがな、俺がおまえを立派だというのは、それだけではないぞ。孤児院もだ。おまえの建てた孤児院は、衛生面でも、環境面でも、立派なものだった。最近、都で流行《はや》っている籐《とう》の家具も、おまえの発案だそうじゃないか。俺は、そう言ったすべてを把握した上で、エンジュを立派な領主だといっているのだ」

エンジュは、カウルが離れていた間も、自分を見守っていてくれたことを、初めて知った。嫌われて、遠ざけられたと思っていた間も、カウルが自分を気にかけていてくれたことを、実感することができた。

カウルの愛情は、物語の登場人物のようにわかりやすくはなかったが、より深く、より暖かいものに思われた。

「エンジュ、宰相にも話はしてある。宰相も賛成していたぞ。例の雹の被害があるから、今期はあまり予算を割《さ》けないが、国の事業としてここを再開発したい」

国の事業といわれては、ますますエンジュは自分の手に余るとしか思えず、承諾することができなかった。

だが、カウルはエンジュの困惑も計算のうちだったのだろう。

「エンジュ、もう一箇所見せたいものがある」

カウルはそう言って、また馬を走らせた。

進路を都の郊外にとり、一刻も走っただろうか、カウルが馬を停めたのは、大きな教会の前だった。

さぞかし、歴史のある教会なのだろう。

正面から見る建物は、立ち並ぶ尖塔《せんとう》が、夏の陽射しに煌《きら》めくステンドガラスが、壮麗な素晴らしい教会だった。

「聖トスティア記念聖堂だ。王国で三番目に大きな教会だ」

馬を下りたカウルの案内で、エンジュは教会の裏に回った。

雑木林が作り出す、気持ちのいい緑陰《りょくいん》の向こうに、大きな灰色の建物があった。

石で組んだ建物は、大きく新しくはあったが、いま見た聖堂と比べれば、随分《ずいぶん》寒々しく感じられた。

急いで建てられたらしく、装飾的なものはまるで見当たらない。

「僧院……ですか?」

「いや、孤児院だ」

突然の国王と王妃の視察に、孤児院の責任者は見ていて可哀相《かわいそう》になるほど、慌てふためいていた。

前触れのない視察ではあったが、これといった不都合は見当たらなかった。

子供たちは、上は十五歳から下は赤ん坊まで。皆、質素だが清潔な衣服をまとい、顔色を見る限り、栄養状態は悪くはないようだった。

突然の訪問を詫《わ》び、孤児院を辞去した後、馬を待たせていた場所に戻るなり、カウルはエンジュに尋ねた。

「デセールザンドの領主様の、感想を聞こう」

エンジュが、当たり障《さわ》りのない感想を返すと、カウルはさらに言葉を重ねた。

「それだけか？　改善点はないか？」

「申し上げてもよろしいのでしょうか？」

「聞きたいから、尋ねている」

「子供の数から考えて、職員の数が不足しています。聖堂の僧侶の方々が、交代で面倒《めんどう》を見ているそうですが、皆様慣れないお仕事に疲弊《ひへい》なさっているのが感じられました。それに、職員は全員男性ですから仕方がないのですが、家庭的なぬくもりに乏《とぼ》しく思えます」

「それだけではないだろう？　エンジュの言えないことを言ってやろう。子供たちに笑顔がない。違うか？」

エンジュはしぶしぶうなずいた。

子供たちは、不幸には見えなかった。だが、幸せそうにも見えなかった。

「誰が悪いわけでもないのだ。見てわかるように、聖堂の僧侶たちが、まったくの善意で運営している孤児院だ。だが、内乱のために、戦災孤児が一気に増え、孤児院はすでに限界なのだよ」

「カウル様がなにをおっしゃりたいのか、私わかりました」

「なにがわかったのだ？」

「あの教会の隣に、果樹園を作りましょう。勿論《もちろん》、石榴も植えます。それを境にして、小さな家をいくつも建てましょう。戦争孤児が多いのであれば、戦争未亡人も多いはず。そういった方にお願いして、孤児たちにたとえ偽《いつわ》りでも、家庭を与えて上げましょう。

子供がいれば、学校も必要になりますね。学校を卒業した子供たちには、手に職を持たせなければなりません。各ギルドの統領たちに打診して、ギルドの寄り合い所のようなものを作るのはいかがでしょう。それがうまく機能すれば、孤児たちは様々な職業があることを肌《はだ》で覚えることができます。親から学ぶ機会を奪われた子供たちに、それはきっとよい経験になるはずです。それに……」

「エンジュ」

カウルは、満面の笑顔で妻の名を呼び、そのとまりそうにない言葉を遮《さえぎ》った。

「引き受けてくれるね」

「そのために、こちらの孤児院にいらしたのでしょう？」

「賢い王妃を得て、王国は安泰だな」

この日をきっかけに、仲良く馬を並べ、都を視察する王と王妃の姿は、その後も頻繁《ひんぱん》に目撃されることになる。

これを、国民は歓迎した。

青梟の治世は二年にも満たない短い期間だったが、白獅子とともに討つはずだった黒獅子を逃がしたことで、常に報復に怯《おび》え、戒厳令《かいげんれい》が解除されることはなかった。

想像してほしい。

二年もの間、軍の支配下にある町を。

完全に日が暮れた夜の八時以降の外出は許されなかった。

朝も、都の大門が開く六時以前の外出は厳しく制限された。

旅行はすべて申請が必要となり、旅の目的がはっきりしないと、許可は下りなかった。

こうなると商取り引きは停滞し、夜に繁盛《はんじょう》する歓楽街は、店をたたむことや商売替えを余儀なくされた。

二年の間には、軍部による賄賂《わいろ》や不正が横行し、それがまた人々の暮らしを圧迫していた。

青梟に荷担した軍は、彼の領地周辺に配備された軍がほとんどで、王国の騎士団や都に配備された衛兵隊とは違い、職業軍人はほとんどいなかった。

彼らは、地方で徴兵《ちょうへい》された者や、傭兵《ようへい》、募集に応じた流人が多く、正規の訓練が不足していた上、規律を守るという基本的なことがなっていなかった。

そういった輩《やから》であったから、無謀ともいえる青梟の反乱に従うことができたのだろう。

軍服こそ正規軍の物だったが、その中身はならず者がほとんどだったのだ。

そんな連中が、戒厳令の名のもと、好き勝手をしていたのだから、都に暮らす人々にはたまったものではない。

その我慢も限界に達した頃、カウルは軍を整え、青梟に与《くみ》するを良しとしない貴族たちの支援を取りまとめ、宣戦を布告したのだ。

戦略的に得策ではなかったが、青梟のように奇襲《きしゅう》をかけず、レニオンの丘を決戦の場にしたことは、都をふたたび戦場にしないための配慮だった。

お互いに軍備を整えた上での決戦は、多数の犠牲者を出すことになる。だが、無辜《むこ》の民衆を巻き込まないための、カウルの英断だった。

勢力は、青梟陣営が多かった。だが、カウルの軍は、騎士団と正規軍、また熱意ある義勇軍で構成され、正面からの合戦という戦略的劣勢を戦術で補った。

レニオンの丘の地形をうまく利用した挟撃《きょうげき》は、数字的な劣勢を挽回《ばんかい》したものの、最終的には乱戦となった。

青梟も、それなりの覚悟があって反乱を企てたのだろう。戦線離脱することなく、カウルとの一騎打ちに応じたのは、彼なりの矜持《きょうじ》があってのことだったのではないだろうか。

実の叔父を討ち、その場で即位を宣言したカウルを、都の人々は歓喜で迎えた。

彼は解放者だった。

都を戦場に選ばなかったことが、カウルの人気を高めた。

税を軽減し、青梟が課した使役を白紙に戻したことで、それはさらに熱狂的なものとなった。

だから、彼らは『聖なる印を持つ乙女』が、王妃として黒獅子王の傍《かたわ》らに立つことを、手放しで喜んだ。

それが、大昔の伝説でしかないことを、彼らも知っている。

だが、世にも稀《まれ》な異相を持つ愛らしい少女が、若く凛々《りり》しい王に寄り添う姿は、華やかで喜ばしい。

三年前、薔薇《ばら》で満たされた金の馬車に乗って王宮へ向かう『乙女』を、晴れがましい思いで見送ったことを彼らは忘れていなかった。

時々、嫌な噂《うわさ》が鳳凰城《ほうおうじょう》から漏れ聞こえてきたが、その噂を覆《くつがえ》すように轡《くつわ》を並べて、馬を駆る国王と王妃の仲睦まじい姿は、見ているだけで微笑《ほほえ》ましいものだった。

王妃は、とても恥ずかしがりやのようだった。

町の少女が捧げる野の花を、頬《ほお》を染めて受け取る様子に、嘘はなかった。

王妃は、心から素朴な花束を喜び、はにかみながら感謝の言葉を口にする。

貴族の生まれではないことを、欠点だと悪《あ》し様《ざま》に言う者もいるにはいたが、多くの国民たちはそれに共感した。

王妃の位にあって、奢《おご》り高ぶることなく、初々《ういうい》しくはにかむ姿が、彼らを魅了した。

そして、王妃を優しい瞳で見つめ、大切に扱う国王もまた、彼らを魅了する。

国王夫妻の人気は、民衆の間で圧倒的なものに育ちつつあった。
だが、それを好ましく思わない者も、たしかに存在していたのである。

3

「王妃様、また御出掛けでございますか?」

ある朝、廐《うまや》に向かうエンジュを呼び止めたのは、女官長だった。

「はい?」

「王妃様ともあろう方が、こうも頻繁《ひんぱん》に御出掛けあそばされますと、後宮《こうきゅう》のものに示しがつきません。また御身をお守りするため、護衛やらなにやら、本来の職務とは関係ない役目に振り回される方もいらっしゃいます。それをどうぞ、お忘れなさいますな」

エンジュもまた、カウルと同じくこの女官長を苦手に思っていた。

婚姻《こんいん》の日、初夜の前に薔薇《ばら》色のキャンディをよこしたのは、この女官長だった。

怪しげな薬を染み込ませたキャンディは、一時的にエンジュの言葉を奪った。

それは、婚姻の成立を見届ける場で、王妃が悲鳴を上げたりしないよう、また行為が滞《とどこお》りなく行われるよう、用意されたキャンディということだったが、説明もなく渡されたことをエンジュは、いまだに忘れられないでいた。

苦手に思う理由は、それだけではなかった。

宮廷の奥向きの責任者ということで、鳳凰城《ほうおうじょう》を取り仕切る彼女は、宮廷の作法やしきたりに精通し、事あるごとにエンジュに小言を言った。

それも役職ゆえと思えば、我慢するしかないのだが、人一倍しきたりにやかましい女官長が、エンジュに関してはそれを破ることがあるのだ。

王妃であるエンジュは、間違いなくこの王国でもっとも高位にある女性だ。

エンジュから声をかけない限り、誰も彼女に話しかけてはならないのである。

それなのに、女官長は、それを平気で無視する。

一応人目は気にしているようで、公的な場では控えていたが、いまのようにたまたまエンジュが一人でいたり、人がいたとしてもエリアのような侍女だけだったりすると、話し掛けてくるのだ。

いまなどは、背後から声をかけてきた。

それは、不敬罪に等しい行為である。

エンジュも時折、首を傾《かし》げることはあるのだが、女官長ほど宮廷のしきたりに詳しいわけではないので、慣例として女官長には許されているのだろうと考えるに留めていた。

「そうですか、私の知らないところで迷惑に思う方もいらっしゃるのですね。それは申し訳ないことです。でも、宰相様とのお約束もありますので、今日はお見逃しください」

エンジュは、すまなそうにそう言うと、足早に女官長から離れて行った。

先日も、カウルの希望にこたえ、自分の部屋の小さな厨房で、蕪《かぶ》のスープを料理していると、わざわざやってきて聞こえよがしにため息をつき渋面《じゅうめん》を隠そうとしなかった。

王妃ともあろうものが料理番の真似事をと、呆《あき》れているのだろう。

だが、カウルが望むことならば、できうる限りかなえたいとエンジュは思っている。

アリシア姫の城で、貴族の令嬢の日常を経験したとはいえ、所詮《しょせん》一カ月に満たない短い期間だった。

アリシア姫と過ごした日々は、エンジュにとってとても楽しいものだったが、彼女のいない鳳凰城でそれを再現したいとは思わない。

アリシア姫は城主として、城のすべてに采配《さいはい》を振るっていたし、デセールザンドの城で暮らした三年間、それを手本にした。

だが、宮廷のある鳳凰城は、奥は女官長が、表は宮内省の役人が、それぞれの役職について いて、エンジュが口を挟む隙間《すきま》もないほど、きちんとした機構が出来上がっていた。

つまり、鳳凰城は国王夫妻の居城ではあっても、彼らが采配を振るう必要はないのである。

そうなると、するべきことがない。

三年前、エンジュはこの城の一室に閉じ込められたような毎日を、鳥籠にたとえていた。

それが、エンジュの気ふさぎのひとつの原因にもなっていたのだ。

カウルは、三年前の失敗を繰り返すつもりはなかった。

また、領主として優れた手腕を見せた人材を、遊ばせておくほど無駄なことはないと考えていた。

だから、整地がようやく終わったあの兵舎の跡地を、エンジュに与えたのである。

最初は躊躇《ためら》っていた彼女が、遠慮がちに自分の意見を述べる姿を、カウルは嬉しい思いで眺めていた。

カウルが、エンジュを妻にしてもいいと思った根拠は、彼女が自《みずか》らの意志を持っていたことだ。

やせ細った弱々しい少女の心の奥底には、強い意志の力があった。

王子という枠に収まることをよしとせず、乱暴者で通っていたカウルである。

人形のように綺麗なだけの女を、妻にすることは嫌だと思っていた。

だが、思いがけない運命が引き合わせた、『聖なる印を持つ乙女』は、カウルにとって理想の妻であった。

彼らは、ようやく訪れた幸せを嚙《か》み締めていた。

エンジュが、茶会を開こうと思ったのは、偶然の再会がきっかけだった。

鳳凰城に隣接する聖堂に、焼け落ちた教会の絵図があると聞き、借りに出掛けた先で、エンジュは懐かしい人に出会った。

「バートン夫人?」

それは三年前、後宮で暮らすことになったエミレ妃の家庭教師の女性であった。

「王妃様、お久しゅうございます」

三年の時を経て、バートン夫人はますます穏《おだ》やかな雰囲気《ふんいき》を身につけていた。

母が生きていたら、このような感じになっていたのではないかと、エンジュは思う。

「まあ、お会いできて本当に嬉しい。いまはどちらに?」

バートン夫人は、困ったように眉《まゆ》を潜《ひそ》めた。

「実は……いまもエミレ様とともに後宮におります」

「え?」

帰ってきた最初の晩こそ、カウルの部屋で眠ることになったが、それ以降は後宮にある王妃の間で、エンジュは生活していた。

最初の晩、後宮に暮らす女性と顔合わせのようなものがあったが、エンジュが初めて見る二人の貴婦人とその侍女たちだけで、エミレ妃の姿もバートン夫人の姿もその中にはなかったと記憶している。

エンジュの気持ちを察し、バートン夫人が説明する。

「あの晩は、たまたまエミレ妃が熱を出し臥《ふ》せっていらしたので、ご遠慮させていただきました」

女官長からもカウルからも、その説明がなかったことを、エンジュは悲しく思った。

「フレイル妃とイゼル妃は立派な殿方のもとに嫁がれたと聞いていたので、エミレ妃もそうだとばかり思い込んでいました。ご挨拶もせずに、申し訳ございません」

エンジュが心からそう言うと、バートン夫人は慌てて首を横に振った。

「何をおっしゃいますの。王妃様、お詫び申し上げねばならないのは、私でございます。王妃様の苦しみも理解できないまま、つまらないことをお聞かせして……、本当に申し訳なく思っております」

「いいえ、いいえ……」

エンジュは激しく首を横に振った。

「私がお願いしたのです。バートン夫人が話してくださらなかったら、私はいつまでも陛下を誤解したままでした。エミレ妃やアリシア姫の辛《つら》い過去を知ろうともしないで、ただぼんやりと暮らしていたことでしょう。あの後、私がしたことは、いま思い返せば恥ずかしくてなりません。でも、あれがあったからこそ、私は自分を見つめなおす機会を得たのです」

あの時の精神状態を、エンジュは理路整然と説明することはできない。

ただ、自らの異相を耐えがたく思っていた。
『聖なる印』と聞かされても、自らに課せられた楔《くさび》にしか思えなかった。
黒獅子王《くろじし》が求めるものは、あくまで『聖なる印』。
自分である必要はない。
この『印』さえなければ、自分はカウルと出会うことはなかった。
アリシア姫と出会うことはなかった。
フレイル妃、イゼル妃、エミレ妃と出会うこともなかった。
自分さえいなければ、彼女たちの人生はまた違うものとなっていたはずだ。
カウルの妻とはいっても、愛されているとは思えなかった。
自分自身、カウルを夫として愛しているとは思えなかった。
それでも、自分たちを繋ぐものがあるとすれば、それはこの『聖なる印』だけ。
あの時の気持ちを、冷静に振り返ればこのようなものだろうか。
だが、これですべての説明がつくとは、エンジュには思えなかった。
もっとどろどろとした感情があったように思う。
憎悪や嫉妬《しっと》、自己憐憫《じこれんびん》に絶望。
なるべくなら、思い出したくない負の感情が、心の中で渦巻いていたような気がする。
結局は、説明できない衝動に突き動かされて、小刀を手にしたのだ。

それでも、瞳を抉《えぐ》ることはできなかった。

重荷にしか思えなかった『聖なる印』ではあっても、母の瞳と父の瞳を映していた。

それだけはどうしても、失うことができなかった。

だから、額の痣《あざ》を抉った。

カウルが銀朱の花だと言ってくれた、額の痣を抉った。

もう、カウルのことで思い悩みたくなかった。だから、抉ったのだ。

だから、抉った？

「王妃様？」

突然物思いに囚《とら》われたエンジュをいぶかしみ、バートン夫人が遠慮がちに声をかけると、彼女は夢から覚めたような表情で、顔を上げた。

「あ……」

「王妃様、お加減でも？」

「いいえ、違うの。私…大事なことに気がついたの」

エンジュは熱に浮かされたように話していた。

「私、あの時もカウル様のこと、好きだったんだわ。だから、……だから、離れたかったんだわ」

それはバートン夫人には、あまりに唐突な言葉だった。

だが、その瞳に映る王妃の姿は、大変愛らしく映った。

頬を染め、どこか嬉しそうに語る姿は、同じ女としてわかり合える感情だ。

「好きなあまり、離れたくなるということは、たしかにございますね」

「バートン夫人……」

「私も、夫にそんな感情を覚えましたわ。この人は、私をどう思っているのだろうと、常に不安でした。他の殿方には覚えることのない感情でしたわ。好きだと言われれば、嬉しいはずなのに、夫に言われると、それは本当かしらと心乱されて……。だから、不愉快になったものです。嬉しがらせを言って騙《だま》す気だと、ひどく不愉快で怒ってばかりいました。でも、そんな感情も、いまなら穏やかに懐かしく思い出すことができます」

不慮の事故で、結婚生活は短かったけれど、あの人と出会えたことを、いまでも幸せなことと思っています。

バートン夫人がそう締めくくるのを、エンジュは胸を熱くして聞いていた。

「バートン夫人、私はデセールザンドの三年間で、たくさんの人と言葉を交わす機会を得ました。それは、この異相のため、隠されるようにして育った私には、とても大切な出会いでした。今日こうして、あなたとお話できたことも、とても大切な出来事だと思います」

エンジュが考え、考え、そう言うと、バートン夫人は目を細めた。

「大人になられましたね」

思いがけない運命の変遷《へんせん》と環境の変化に、びくびくと怯《おび》えていた少女は、もうすでに過去のものだった。

十八歳になった王妃は、いまだに内気ではあったが、伸びやかに成長していた。

エンジュに約束さえなければ、二人の会話は、まだ続いたことだろう。

エンジュは、エミレ妃にお願いしたいことがあるといった。

バートン夫人は、王妃にお聞かせしたいことがあるといった。

二人は、再会を約してその日は別れた。

そして三日後、王妃は後宮に住まう女性をすべて招き、茶会を催《もよお》したのだった。

4

「王妃様にお願いがございます」

茶会の日、エンジュが軽めの昼食を摂《と》っていると、女官長がやってきた。

彼女は、エンジュが教会の設計図を手に食事をしているのを見て、露骨《ろこつ》に顔を顰《しか》めた。

さすがにそれは行儀《ぎょうぎ》の悪いことだったので、エンジュは慌《あわ》てて設計図をテーブルの端に置くと、取り繕《つくろ》うように口を開いた。

「どのようなお願いですか？」

「午後のお茶会に、セネドラ王国内親王殿下《でんか》をお招きしていただけませんでしょうか？」

「セネドラ王国？」

「黒獅子《くろじし》様の聖誕祭の祝賀のため、セネドラのリアネージュ王女がご訪問くださったことは、勿論《もちろん》ご存知のことと思います」

「ええ、存じております」

エンジュは、街道筋《すじ》の水場で馬車を貸して欲しいと言ってきたセネドラの凛々《りり》しく美しい女騎士の姿を思い浮かべた。

「陛下《へいか》のため、遠路はるばるお越しくださった異国の客人の無聊《ぶりょう》をお慰めするのも、王妃の務めではないかと、私は思うのでございますが？」

女官長の言葉に、エンジュの頬《ほお》にさっと朱が走る。

「王妃様。もしや、リアネージュ王女のご滞在をご存じなかったのでございますか？」

エンジュは知らなかった。

今日は風月《八月》最後の日。カウルの誕生日から、すでに十日が過ぎている。

他国の祝賀使節同様、すでに帰国したとばかり思っていたのだ。

「王妃様もご多忙のこととは思いますが、鳳凰城《ほうおうじょう》の女主人として、奥向きにも興味を持っていただきとうございます」

女官長の立場を弁《わきま》えない居丈高《いたけだか》な言葉にも、素直なエンジュはただ恐縮するだけだった。

カウルなら、そんなエンジュの様子を微笑《ほほえ》ましく思うのだろうが、彼女を平民と侮《あなど》る女官長には卑屈《ひくつ》に映る。

王妃なら、それに相応《ふさわ》しく泰然《たいぜん》と構えていて欲しい。それなのに、自分や侍女にも丁寧《ていねい》な言葉を使い、すぐに謝るエンジュの態度が、女官長には不満でならなかったのだ。

「私が至りませんでした。これからは気をつけます。セネドラの王女様はどちらにご滞在なのでしょう？」

「隣国の内親王殿下です。暁《あかつき》の間にご滞在です」

女官長は呆《あき》れたような口調で言った。

『暁の間』は、数ある客室の中でも、もっとも豪華な部屋だ。今回の祝賀使節のなかで、王室からの客人はリアネージェだけだった。

彼女が『暁の間』に案内されるのは、順当なことだった。

それもわからないのかと、女官長は呆れているのだ。

だが、鳳凰城のしきたりに詳しいわけでもないエンジュに、それがわかるはずもない。

教えるべき立場の人間が、教えもせずに侮るのは本末転倒《ほんまつてんとう》もはなはだしい。

「それでは、粗相《そそう》があってはなりませんから、私から招待の件、リアネージェ王女にお伝えしておきましょう」

「ええ、すみませんけれど、よろしくお願いしますね」

エンジュがにっこりと微笑み軽い会釈《えしゃく》で応ずるのを、女官長は忌々《いまいま》しい思いで受け止めていた。

貴族の生まれでもない者に、顎《あご》で使われたように思えて腹立たしかったのだ。

「それでは、これで失礼いたします」

膝《ひざ》を折り臣下の礼をとりながら、自分が頭を下げるのは王冠に対してと、女官長は己《おのれ》の自尊心を宥《なだ》めるのだった。

◇◇◇◇◇

カウルが、シェリダンを伴い後宮の中庭に足を踏み入れたのは、エンジュの茶会が始まってしばらく経った頃だった。

侍女の案内を断り、シェリダンと二人足音を忍《しの》ばせ、植え込みの陰にしばし隠れ、談笑するエンジュたちを伺《うかが》う。

風月も今日で終わり、明日から麦月。

暦《こよみ》の上では秋になる。だが、日差しは相変わらず強烈で、日除けの白い麻布の上で眩《まぶ》しく跳ね返っていた。

麻布が作る日陰のなかで、さっぱりとした衣装に身を包んだ貴婦人が笑顔で語らう姿は、一《いっ》幅《ぷく》の絵画のようだった。

エンジュが薦《すす》めている甘い焼き菓子は、おそらく彼女の手製だろう。

デセールザンドの城で、食べた記憶がある。

遠慮なくつまんだ貴婦人たちが、口に運び笑み崩れる様子が、カウルには幸せそのものに思えた。

その笑顔を受け、エンジュの白い頬が薔薇色に輝くのを、カウルは幸せな思いで眺めた。

エミレ妃が後宮に留まっていることを、なぜ教えてくれなかったのかと拗《す》ねていたのは一昨日のことだった。

三年前、エンジュが衝動的に額の痣《あざ》を抉《えぐ》ったきっかけは、後宮の制定であったことは間違いない。そう思うから、カウルはできることなら後宮に住まう女性のことは会話にしたくなかったのだ。

幼《おさな》友達だったフレイルやイゼル、エミレがカウルのお妃候補だったことは、周知の事実だった。

カウルもいずれは、この三人のうちから生涯《しょうがい》の伴侶《はんりょ》を選ぶのだろうと、納得していた。

兄とアリシアの結婚式が終われば、次は自分の番だと覚悟していた。

王族の結婚とは、愛情だけがすべてでないことを、カウルは理解していた。

泣き虫のイゼルやおとなしいエミレより、強気な性格で闊達《かったつ》なフレイルのほうが、長い人生を共に過ごす上で、飽きなくていいだろう。

その程度に考えていた。

だが、あの内乱が、彼女たちの運命を大きく変えた。

王弟の伴侶として候補にあがるに十分な、家柄と本人の美質が仇《あだ》になった。

青梟《あおふくろう》に与《くみ》した将軍や貴族のもとに、褒賞《ほうしょう》として与えられた彼女たちの心の傷は深い。

人一倍、気位の高かったフレイルが、どれほど傷ついていたか。

狩月《十二月》の最後の晩、フレイルは酷《ひど》い言葉をエンジュに投げかけたそうだが、彼女を咎《とが》めることも罰することも、カウルにはできなかった。

幼い頃、共に遊んだフレイルは、勝気で口が達者でいつも偉そうだった。だが、曲がったことが嫌いで、一度こうと決めたらその意志を貫きとおす芯《しん》の強さを持っていた。

フレイルには、欺瞞《ぎまん》にしか思えなかったのだろう。

無理矢理とはいえ、反逆者の妻にされた自分を、後宮に封じることで不問にするというカウルの配慮が、不正にしか思えなかったのだ。

国王弑逆《しいぎゃく》は絶対君主制の国家にとって、最大の罪である。

国家反逆罪の中で、もっとも憎むべき罪。

弑逆者たちに与えられた罰は、死。それは、身内にも及ぶ。

かどわかされ、剣で脅《おど》され、恐怖の中で誓わされたとはいえ、神聖な結婚の誓いを承諾《しょうだく》した以上、自分に相応《ふさわ》しいのは死罪だと、フレイルは願った。

おそらく、彼女は死にたかったのだろう。

誇り高い彼女には、たった二年とはいえ、自分の意志を踏みにじられた期間は、地獄《じごく》のような毎日だったのだろう。

その日々を忘れることより、その日々と共に朽《く》ちてしまいたい。

それがフレイルの願いだったのではないかと、カウルは思う。

フレイルが、青の騎士団に所属する騎士のもとに嫁《とつ》いだのは、去年のことだった。

——時の流れというものは、不思議なものだ。

急激な奔流《ほんりゅう》となって、人の運命を大きく変えてしまうこともあれば、緩やかなせせらぎとなって、人を癒《い》やすこともある。

フレイルの傷ついた心も時の流れが優しく癒やしてくれた。

それには、誠意ある男の優しい眼差《まなざ》しが不可欠なものでもあったが。

ともあれ、死を望んでいたフレイルは、いま彼女を女神のように崇拝《すうはい》する男のもとで、穏やかな幸せを紡《つむ》いでいるそうだ。

それを、カウルは心から嬉しく思う。

いまだ後宮に暮らすエミレたちも、それぞれの幸せを見つけて欲しいとカウルは願っている。

結婚にこだわるのではなく、ささやかでいいから、生きる希望を見出して欲しいと、カウルは思うのだ。

そんな思いを胸に、カウルは植え込みの陰から姿を現した。

「ご歓談のところ、お邪魔してもよろしいかな？」

カウルが声をかけると、中庭を満たしていた暖かな雰囲気が、一瞬のうちに緊張にとって変わる。

「余は、招かれざる客のようだな？」

カウルが、口の端を引き上げて顎《あご》をしゃくると、エンジュはくすくす笑いながら立ち上がった。

「陛下、お待ちしておりました」

「言葉とは裏腹に、茶器が足りないようだが？」

「陛下に、冷めたお茶を差し上げるわけにはまいりませんもの」

カウルとシェリダンは、エンジュに薦《すす》められるままテーブルについた。

三年前、茶会の席でエンジュはいつも硬い表情で、貝のように口を閉ざし、人の会話に耳を傾けているだけだった。

それが、いまでは女主人に相応《ふさわ》しく、自然な表情で、場を取り仕切っている。

カウルは、それに目を細める。

「エミレ、風邪《かぜ》はもうよいのか？」

「ありがとうございます。よいお薬をいただいたおかげで、すっかりよくなりました」

「エミレは身体が弱いのだから、あまり無理をするのではないぞ」

「もったいないお言葉ですわ」

他の二人にもそれぞれ言葉をかけた後で、カウルはエンジュに尋ねた。

「楽しそうにしていたが、なんの話題だ？」

「皆様にご意見を伺っていたのです」

「なんの意見だ？」

「教会と孤児院の境となる果樹園に、植える木についてです」

「ほう、それでどのような果物が、候補に上がっているのだ？」

「まず石榴《ざくろ》は外せませんでしょう。その他に、林檎《りんご》と桃《もも》、葡萄《ぶどう》も子供たちは喜ぶのではないかと」

「随分《ずいぶん》欲張りだな」

「木の数はそう多くなくてもよいと思うのです。冬は無理としても、常になにかしら実のある状態にしたいのです。子供にとって、一年はとても長い期間ですから、待ちくたびれることがないように」

「それは、よいな」

「でも、春に実をつける果物が思いつかなくて」

「春か……。木ではないが、苺《いちご》はどうだ？　花月《四月》から若葉月《五月》にかけて、実がなるだろう？　たくさん採れればジャムも作れる」

「苺、素敵ですね」

エンジュが、紙にペンを走らせるのを、優しい眼差しで見守りながら、カウルは隣に座る親友にも問い掛けた。

「シェリダン、おまえも何か思いつかないか？」

黒髪の騎士は、少し考えてから口を開いた。

「茱萸《ぐみ》はいかがでしょう？　花月には実をつけたと思いますが。子供の頃、野原で食べた覚えがあります」

「お好きでしたの？」

おっとりと、エミレが尋ねると、シェリダンは笑顔で答えた。

「ええ、春になるのが楽しみでしたね。ただ、私だけでなく小鳥たちも大好物のようで、いつも取り合いでしたよ。いつだったか、棒で追い払っていたら、鶫《つぐみ》の大群に逆襲されまして、逃げ帰った苦い記憶があります」

「シェリダン、泣きべそかいて…が抜けているぞ」

そこで、明るい笑い声がはじけた。

国王が臨席したことで、一時的に芽生《めば》えた緊張も、すでに跡形《あとかた》もなくなり、茶会の場は和《なご》やかな空気で満たされていた。

それを見越していたかのように、また新たな客が女官長の案内でやってきた。

女官長が白い日除けの端を丁寧《ていねい》に押さえる。

そうして人目を集めた先に、セネドラの王女の美しい姿があった。

それは、とても効果的な登場だった。

誰もが、白銀の王女に目を奪われた。

今日も彼女は、瞳の色に合わせて、アイスブルーのドレスをまとっていた。

夏の昼下がり、それは涼しげな印象を人に与える。

「お招き、ありがとうございます」

王女は軽く会釈《えしやく》をすると、ゆっくりと日除けのなかを見渡した。

間違いなく、この時、この場を支配していたのは、セネドラの王女だった。

「リアネージュ様、お待ちいたしておりました」

エンジュが、親しく声をかけると、リアネージュは唇に微笑を置き、軽くうなずいてみせた。

だが、彼女の蒼氷色《アイスブルー》の瞳は、エンジュの傍《かたわ》らに向けられた。

「陛下、先日はありがとうございました」

カウルは戸惑った。

誕生日以来、セネドラの王女と顔を合わせるのは初めてだった。だから、彼女がなぜ「ありがとう」と言うのかわからなかったのだ。

「夢のような一時でしたわ」

カウルは「ああ」とうなずいた。どうやら、誕生日の祝宴《しゅくえん》のことを言っているらしい。

「異国からいらした客人に喜んでいただけたのなら、余も嬉しく思う」

そう答えながら、この場にセネドラの王女がやってきたことを、カウルは不愉快に思った。

後宮に暮らす貴婦人たちと、エンジュが親しくするのは、カウルとしても喜ばしいことだ。

エンジュの飾りのない笑顔は、人の心を暖かくする。忌《い》まわしい過去に傷ついている彼女たちに、それは癒やしとなるだろう。

カウルはそう考えているのだ。

だから、この場にセネドラの王女が加わることに、カウルは異和感を覚えた。

まして、彼女が鳳凰城に滞在する経緯があまり嬉《うれ》しいものではないので、エンジュに接触して欲しくないのだ。

名ばかりの後宮に、彼女のような存在は必要ないのだ。

「セネドラの王女、鳳凰城での生活は退屈ではないだろうか？　我が国にも、セネドラに劣らず景勝地は多い。落ち着かれたら、見て回られるがよかろう。セネドラにお帰りになる前に」

カウルは、嫌味と取られるのをわかった上で、そう言った。

「お気遣《きづか》い、ありがとうございます。でもしばらくは、この美しいお城や華やかな都の見学をさせていただきますわ」

セネドラの王女は、長い睫《まつげ》を瞬かせ、熱い視線をカウルに送る。

それがますますカウルを不愉快にした。

「好きにされるがいい」

カウルはそう言うと立ち上がった。

「エンジュ、長居をしてすまなかった。今日はこれで失礼する」

「ご臨席くださいまして、ありがとうございます」

「見送りはいらぬ」と、カウルは断ったが、全員が立ち上がり日差しのなかにでた。

「大袈裟《おおげさ》だ」と笑いながら、きたときと同じくシェリダンだけを連れ、カウルはその場から去って行った。


その晩。

カウルは、いつものようにエンジュの部屋で休んだ。

エンジュの額に、くちづけを落としながら、囁《ささや》くように尋ねる。

「俺がいなくなった後、さぞかし悪口に花が咲いただろう?」

カウルの言葉に、エンジュはすぐに笑い出した。

「お気にかかるようでしたら、最後までいらしてくださればよかったのに」

「おやおや、俺は気を利《き》かしたつもりだったのに、後になって恨み言を言われるのは正直好かんな」

　口ではそう言うが、表情は優しい。どんな些細《ささい》な願いでも、エンジュが口にすることなら可愛く思えるのだ。

「それに、おねだりはその場で言え」

「おねだり？」

「おまえがあの場で引き止めれば、俺は公務なんて後回しにして、最後までおまえの側にいてやったぞ」

　エンジュは一瞬、奇妙な表情をみせた。

「ん？　どうした？」

「いけませんわ。私のために、公務を後回しにするなんて」

　真面目《まじめ》に意見する様子が愛らしくて、カウルはエンジュが見せた一瞬の表情をすぐに忘れた。

「それに、バートン夫人が私のために、書物を探してくださいました」

「相変わらず、本が好きなのだな。なんという題名だ？」

「それが、題名はわからないそうです」

「題名のない本？　そんなおかしなものがあるのか？」

「はい、聖堂図書館の倉庫で最近見つかったのだそうです。装丁が損なわれていて、いま修復作業をしているそうなのです。そのいくつかの詩篇をバートン夫人が書き出してくださいました」

「バートン夫人がわざわざ？　よほど、素晴らしい詩なのだな」

「詩の内容が……」

エンジュは詳しい内容を説明するため口を開いたが、カウルの指がその唇の上をそっと撫でた。

「詩の話は、また今度聞こう。それより、エンジュ。明日がなんの日か、覚えているか」

「明日……」

エンジュの頬が、瞬《またた》く間に薔薇色に染まる。

「もうじき、日付が変わる時刻だから、明日ではないな。今日だ」

カウルは、上半身を起こすと、エンジュの細い身体に覆い被さるようにして、その耳元で囁く。

「麦月《九月》の朔《ついたち》だ。ちょうど四年前、おまえは俺のものになった。覚えているな？」

エンジュは恥ずかしそうに、瞼《まぶた》を伏せた。

それが答えだった。

「四年前のやり直しをさせてくれないか」

エンジュは答えない。だが、抗《あらが》う素振りも見せない。
カウルは、エンジュの唇に自分のそれを重ねた。
そして、エンジュの寝衣のリボンを解くため、手を胸元に運ぶのだった。

5

麦月の朔《ついたち》。

明け方眠りについたエンジュは、昼過ぎまで起き上がることができなかった。

体のあちらこちらに感じる痛みも倦怠感《けんたいかん》も、初めて味わうものではなかったが、四年前とは違い嫌悪感はなかった。

むしろ、初めて知る感覚と感情にまだ頭の芯《しん》が痺《しび》れているように思えた。

素肌と素肌を触れ合わせることが、とても暖かく心地がいいことを初めて知った。

痛みは痛みとしてあったが、時間をかけて感覚を高ぶらせた後、朦朧《もうろう》とした状態で与えられたせいか、辛いだけではなかった。

辛《かろ》うじて保たれていた意識の狭間《はざま》で、カウルの甘い言葉が漣《さざなみ》のように、途切れることなく繰り返されたのを覚えている。

エンジュが目覚めた気配を察し、朝のしたくのため、水差しや化粧道具を運んできたエリアが、いまにも鼻唄でも歌いだしそうなほど上機嫌なのが、恥ずかしかった。

「陛下《へいか》は?」

エンジュがおずおずと尋ねると、エリアは満面の笑みで答える。

「今朝は朝議があるからと、ご朝食も摂《と》らずにいらっしゃいました」

「起こしてくだされはいいのに」

「黒獅子《くろじし》様も遅くまでお休みで、食事よりもお眠りになりたいと仰《おお》せでした。王妃様は、お疲れだからお起こしするなともおっしゃっていましたわ」

エリアの答えに、エンジュの頬が赤くなる。

「それと、先程これが届きました」

そう言って、エリアが枕もとのナイトテーブルを指差す。

銀の一輪挿しに赤い薔薇《ばら》が飾られていた。

薔薇の茎に、白いリボンが結んである。それを見て、エンジュの胸が騒ぎだした。

解いたリボンには、「愛している」と一言書いてあった。

エンジュの脳裏《のうり》に、青い装丁の本が浮かんだ。

『天の階《きざはし》』というタイトルの物語に、こんな描写があった。

初めて夜を共に過ごした恋人のもとへ届けられた薔薇にも、結び文があった。

従兄《いとこ》のタスクから貰った物語の本を、エンジュはとても大事にしていた。それを、故郷の家に置いて、旅立ったエンジュだった。

その話を、シェリダンかトリエル教主から聞いたのだろう。

白鳥城《しらとりじょう》の薔薇園で初めて会ったとき、カウルが携《たずさ》えてきたのも、青い装丁の本だった。

「王妃様、私思うのですが――」

エリアが大真面目な表情で呟いた。

「殿方のほうが、私たち女よりロマンチストじゃございませんか？」

エンジュは小さくうなずいた。

鳳凰城に戻ってから、毎晩カウルの腕の中で眠りはしたが、彼はエンジュを求めなかった。それにほっとしていたのも、エンジュの正直な気持ちだ。

おそらく、カウルは麦月の朔を待っていたのだ。

四年前のあの夜をやり直すために。

恥ずかしいとはいまだに思う。

少しは育ったとはいえ、いまだに女性的な魅力には程遠い。

昨日、初めて見たセネドラの王女は、貧弱な自分とは違い、見事なプロポーションの持ち主だった。

それを少しだけ羨《うらや》ましく思いはしたが、四年前フレイル妃に感じたような物悲しい感情はなかった。

自分は自分。それ以上にも、それ以下にもなれない。

カウルがそれでいいと言ってくれるのだ。

他の自分になりたいとは思わない。

十八歳のエンジュは、そう考えていた。

デセールザンドを離れるとき感じていた不安は、この時のエンジュの胸のなかには見当たらなかった。

それは、カウルの愛情を信じることができたからだ。

だが、そんなエンジュの心に波風が立ったのは、その日の午後のことだった。

エンジュが、自室の書斎で、久しぶりに『天の階』を読んでいると、女官長がやってきた。

「今日は、セネドラの内親王殿下《でんか》のことでお話があって伺いました」

その前置きに、エンジュは嫌な記憶を思い出していた。

茶会の席で、カウルとシェリダンを午後の日差しの下で、見送ったあとのことだ。

セネドラの王女は、まるで値踏みでもするような視線を、エンジュに向けた。

白銀の王女が、眉《まゆ》を寄せたのは一瞬のことだった。

だが、そのわずかな表情の変化は、エンジュにとって馴染《なじ》みのものだった。

物言わぬ視線にこめられた、拭いきれない嫌悪。

それは、故郷のフェイセル村で、散々《さんざん》目にしてきたものだった。

リアネージュが信じる神と、エンジュが信じる神は違う。神が違えば、神話も違う。それに伴う伝説も違う。

セネドラには『聖なる印を持つ乙女』の伝説はないのだ。

エンジュの二色の瞳も額の痣《あざ》も、リアネージュの蒼氷色の瞳には、奇異なものにしか映らない。

特にそれが顕著《けんちょ》だったのは、悪戯《いたずら》な一陣の風が、彼女たちの髪を揺らしたときだった。

エンジュの額で前髪が揺れた。その瞬間、セネドラの王女は、目を瞠《みは》り形のよい唇を露骨《ろこつ》に歪め思わず呟いたのだ。

『フィッチ』と。

自室に戻ると、エンジュはセネドラ語の辞書を開いた。

ようやく見つけたそれらしい言葉は「フィー」。言葉の意味は、――血液。

その下にいくつかの用例と特殊例が書いてあった。

それによると、「フィッチ」と発音するときは、穢《けが》れた血、或いは血の汚れを意味するらしい。

セネドラの美しい王女は、カウルが銀朱の花だと言ってくれた額の痣を、汚いものとして捉えたのだ。

久しぶりに、正面から受け止めてしまった悪意を思いだし、エンジュはいささか憂鬱《ゆううつ》になった。

その気持ちを押し殺し、エンジュは笑顔を心がけた。

「どのようなお話でしょう」

女官長が告げた内容は、エンジュの笑顔を瞬時に奪った。

それは、到底《とうてい》認めることのできない話だった。

「セネドラの内親王殿下は、後宮にお部屋を賜《たまわ》りたいと希望されております」

エンジュは、自分の指先が震えるのをどうすることもできなかった。それほど、女官長の話はエンジュにとって衝撃的なものだった。

後宮に部屋を賜る。

――セネドラの美しい王女は、カウルの妃《きさき》になることを望んでいるのだ。

「女官長。それは私ではなく、陛下に伺うことではないでしょうか?」

こみ上げてくる涙を辛うじて飲み込んで、そう答えるだけで精一杯《せいいっぱい》だった。

だが、エンジュの答えに返ってきたものは、女官長の冷笑だった。

「以前、私が王妃の務めについてお話したことを覚えていらっしゃいますか?」

エンジュは、うなずいた。

「それでは、貴女様《あなた》がいまだ王妃としての務めを果たしていらっしゃらない事実もお認めくださいますね」

エンジュは、いやいやながらももう一度うなずいた。

「王妃様が貴族に課せられた義務をご存知《ぞんじ》ないのは、致し方ないことと心得ております。ですから、私ごときが貴婦人の嗜《たしな》みについてお話することをお許しくださいませ」

口もとに薄い笑いを置いたまま、女官長は言葉を続ける。

「私どもが、貴族と呼ばれ敬われるのには、それ相応の理由がございます。王家と国家に捧げた忠誠と犠牲、奉仕と誠意があって、私どもの先祖は貴族に叙《じょ》せられたのでございます。それは、多くの国民にとって範となりましょう。だからこそ、私どもはそれを継承《けいしょう》し後世に伝えて行く義務があるのでございます。ですから、血統を絶やすことは即ち王家と王国に対する裏切りにも等しいことなのです」

いつもと変わらぬ無表情ではあったが、女官長の口説には、静かな熱があった。

「私どもですら、それだけの覚悟がございます。これが、王家ともなれば血の継承は、なお一《いっ》層《そう》重大な問題になりますこと、王妃様にもご理解いただけると思います。

王妃様におかれましては、陛下に嫁がれてすでに四年。いまだご懐妊《かいにん》の兆《きざ》しなく、多くの者が未来に不安を感じております」

「女官長、でも、それは」

「王妃様が三年もの間、ご静養あそばされていたことを、女官長の私はよく存じ上げております。ただ、このような場合、側室の配慮をなさるのが貴婦人の嗜《たしな》みでございます」

エンジュに、言葉はなかった。

「セネドラの国王陛下は、黒獅子王様が即位されて五年も経ちますのに、いまだお世継ぎに恵まれていないのをご案じくださり、このたびリアネージェ内親王殿下を我が後宮へと仰せくださったのです」

それは、エンジュにとって初めて聞くことだった。

「昨日の会話から推察いたしますと、すでに黒獅子王様と殿下は親密な時間を過ごされたご様子。それなのに、後宮入りを陛下がお命じにならないのは、静養先から戻られたばかりの王妃様を慮《おもんぱか》ってのことでしょう。賢明な王妃様であれば、いま何を為《な》すべきかおわかりのことと思いますが」

エンジュには、わからなかった。わかりたくなかった。

「陛下がお命じにならないことを、どうして私が……」

女官長は、呆れたようにため息をついた。

「後宮の主人は、王妃様ではございませんか。それに、貴婦人の嗜みでございます」

エンジュは、このあと自分がどんな言葉で答えたか、まったく覚えていない。

だが、退室の際、女官長が勝ち誇ったような表情で自分を見下ろしたことは覚えている。

その表情で、女官長は言った。

「それでは、リアネージェ内親王殿下のお部屋は、私が責任を持って調《ととの》えさせていただきます。高貴な血を引く真の貴婦人に相応しいお部屋を用意させていただきます」

その言葉だけは、エンジュは忘れることができなかった。

その言葉に露骨《ろこつ》に込められた女官長の真意は、エンジュにとって鋭い棘《とげ》にも等しかった。

彼女は言外に言ったのだ。

エンジュは、真の貴婦人ではない、と。

高貴な血を引かぬエンジュは、王妃に相応しくないと、と。

昨日見たばかりの、成熟した女性の魅力に溢《あふ》れた美しい王女の姿がありありと脳裏に浮かんだ。

カウルの逞《たくま》しい腕のなかで、王女が微笑む図を想像するだけで、胸がつぶれるような痛みと、悪寒を覚えた。

だが、耐えねばならないのだ。

それが貴婦人の嗜みだから。

それが、王妃の務めだから――――。

エンジュはその場から立ち上がることもできなかった。

いつしか日も暮れ、暗い図書室でエンジュは青い装丁の本を抱き、まんじりともせず座っていた。

探しにきたエリアは、明かりも点《とも》さず闇の中、本を胸に放心している王妃に気づくと、心の底から驚いた。

思わず駆けより抱きしめた主人の身体は、不自然な熱を帯びていた。

エンジュは、その晩から、高熱に魘《うな》されることとなった。

◇　◇　◇　◇

エンジュが、重い瞼《まぶた》を上げると、ひんやりとした感触が額に触れた。

なんだろうと瞬きを繰り返し、ようやく結ばれた焦点に一瞬、青い空が見えたような気がした。

「エンジュ?」

エンジュを名前で呼ぶ者は、いまこの世界にたった一人だけだ。

「カ……ウル……さ……」

唇は乾き、喉《のど》は痛み、思うように声が出なかった。

「無理に話すな。少し待て」

ややもすれば霞《かす》む視界のなか、カウルの端正な顔が一度遠ざかり、また近づいてくる。瞬《まばた》きも忘れて見つめていると、唇に濡れた感触があった。

エンジュは慌てて、瞼を閉じた。

重ねられた唇から、仄《ほの》かに甘い液体が注ぎ込まれる。それは、よく冷えたレモン水だった。

エンジュが喉を鳴らして飲み込むと、唇はすぐに離れ、カウルが呟いた。

「馬鹿」

その咎《とが》めるような口調が気になって、エンジュはすぐさま瞼をあけた。

青い瞳が、じっと自分を見下ろしている。

「可愛い顔で煽《あお》るな。我慢ができなくなるだろう？　もっと飲むか？」

エンジュがうなずくと、カウルはまた口移しでレモン水を飲ませてくれた。

「私、どうして……」

いまの状況が理解できず、エンジュが尋ねると、カウルは目を細めて答えてくれた。

「おまえは、この三日間、熱を出して寝込んでいたんだ。覚えていないのか？」

「今日は？」

「麦月の四日目だ。熱は下がったようだが、気分はどうだ？」

エンジュは枕に頭を乗せたまま、緩慢《かんまん》に首を横に振った。

全身に鉛《なまり》でも仕込まれたように、重く感じられたが、気分は悪くなかった。

「本当か？　無理はするな」

「ごめんなさい」

「馬鹿、謝るな。なんで謝るんだ。おまえは謝るようなことはしてないだろう？」

「でも、カウル様にご心配をかけてしまって……」

「心配するのは、当たり前だろう？　俺の妻は、おまえだけなんだから。俺が心配しなくて、誰が心配する？」

「でも……、カウル様はお忙しいのに、看病までさせてしまいました……」

「俺がしたくてしたことだ。それにどうせなら、ありがとうと言え。謝られるより、そっちのほうが気分がいい」

カウルらしい物言いに、エンジュは口元を綻《ほころ》ばせた。

エンジュの微笑に、カウルはあからさまにほっとしてみせた。

「笑えるなら、大丈夫だな」

カウルはそう言うと、侍女のエリアを呼び、スープを持ってくるように命じた。

「エンジュ、俺の方こそ、おまえに謝らなければならないことがある」

「なんでしょう」とエンジュが尋ねると、カウルは気まずげに眉《まゆ》を顰《ひそ》めた。

「セネドラの王女のことだ」

その途端、エンジュの胸が酷《ひど》く痛みだした。まるで、一度にたくさんの針を飲み込んだようだ。

「エンジュ、そんな顔をするな。おまえが心配するようなことは何もないんだ。セネドラの国王は気を利かせたつもりのようだが、正直俺にとってはありがた迷惑だ。ただ、王女にも体面があるから、セネドラに帰ることもできないようだし、俺も……、どうしたものかと、頭を悩ませていた。そのうち、なにか理由をつけて送り返そうと思っていたが、面倒《めんどう》で放っていたのだ。それが裏目に出たわけだが……」

「裏目?」

「まさか、女官長を味方につけるとは思わなかった」

カウルの言葉に、女官長の冷たい眼差《まなざ》しが思い出され、エンジュの表情が曇《くも》る。

女官長にとって、たとえ『聖なる印』を持っていようと、貴族の出でないエンジュは王妃に相応しくないのだ。

あの冷たく見下ろす眼差しに、それが如実に現れている。

「女官長は、兄の乳母だった。兄にとっては、病弱な母よりよほど慕わしい存在だったようでね。俺も、躊躇《ためら》っていたのだが、今回のことでようやく決断したよ。女官長は、今日付けで解任した」

「カウル様⁉」

「エンジュ、驚かなくていい。前々から考えていたことなんだ。今回、彼女の差し金で、セネドラの王女は後宮の住人になった。これで、おいそれとはセネドラに帰すことができなくなったのだ。人ひとりの人生を、なんだと思っているのだろうな。セネドラの王女が後宮にとどまったところで、なんの意味がある？　俺には、エンジュ。おまえがいるのに。エンジュ、いいか？　これだけは忘れるな。

俺の家族はおまえだけなんだぞ」

三日前、必死の思いで飲み込んだ涙が、いまになってエンジュの二色の瞳から溢れてきた。

信じられるのは、カウルだけだった。

「泣くな。泣かないでくれ。おまえに泣かれるのが、俺は一番困るんだから……」

エンジュは、何度もうなずいてみせた。

嗚咽《おえつ》のせいで言葉にできない答えの代わりに、何度も何度もうなずくのだった。

6

「お顔の色も薔薇《ばら》のよう、安心いたしましたわ」

　エミレ妃が、バートン夫人とともに見舞いと称して、エンジュのもとにやってきたのは麦月の八日目のことだった。

「エミレ様、ご心配かけて申し訳ございません。もう本当はすっかりよくなっているんです。でも、カウル様が大事をとるようにと仰《おお》せで」

「よほどご心配なのでしょう。横にならなくてよろしいのかしら？」

　エミレ妃が、エリアに目顔《めがお》で尋《たず》ねると、エンジュに心酔《しんすい》している侍女は、朗《ほが》らかに話した。

「はい、お医者様ももう外出なさっても大丈夫だとおっしゃってくださったのですが、黒獅子《くろじし》様がお許しにならないのです。昨日など、王妃様がカウチで転寝《うたたね》をなさっていらしたのですが、それをごらんになって、それはそれは慌《あわ》てられて……」

「エリア、転寝のことは、話さないでとあれほど言ったのに……」

　エンジュが決まり悪そうにそう言うと、エリアは肩をすくめた。

「失礼いたしました、王妃様。でも、それだけ黒獅子様に大切にされておいでということですわ。お側に仕えるものとして、誇らしいことですから」

「でも、転寝なんて行儀《ぎょうぎ》が悪いわ」

エンジュはそこで、エミレ妃とバートン夫人が目線を交わしていることに気がついた。

「エミレ様?」

いぶかしく思ったエンジュが声をかけると、エミレ妃はぴくりと肩を震わせた。

「あの、やはり貴婦人は転寝なんてしないものなのですね?」

「あら、いいえ……そんなことございませんわ。私もよく、転寝をいたしますのよ。バートン夫人が歴史のお話を始めると、それがまるで子守唄のように聞こえて……」

エミレ妃は、いつもよりは少し早口でそう言ったが、どこかぎごちなかった。

見るに見かねたのだろう、バートン夫人が口を開く。

「姫様、かえって不自然ですわ」

バートン夫人は、軽いため息をつくと、エリアに尋ねた。

「エリア嬢は、いつから宮廷に?」

「黒獅子様が、凱旋《がいせん》されてからです」

「それでしたら、ご存知ないのも無理はございません。

王妃様、黒獅子様の母君、前の王妃様は病弱な方でした。もとはけして弱い方ではなかったのですが、黒獅子様のご出産が大変重かったため、その後ベッドを離れることができなくなられたのです。黒獅子様は、兄上様とは違い、母君の腕に抱かれたことがございません。もっとも、貴族や裕福な家庭では、乳母をおくのが当たり前ですし、他にも世話をする者はいくらでもおりますから、そういった心配はございません。ただ、黒獅子様の場合、五歳を前に乳母が亡くなったため、お寂しい思いをされたようです」

「これは、あくまで私の考えなのですが……」

エミレ妃が、考え考え言葉をはさむ。

「黒獅子様は、幼い頃から人は孤独な存在だと思っていらしたようにお見受けしました。あれは、七歳頃だったと思いますが、このお城の庭園で、私はよく黒獅子様とお弔《とむら》いごっこをいたしましたの」

「お弔い……ごっこ?」

エンジュが鸚鵡《おうむ》返しで尋ねると、エミレ妃はゆっくりとうなずいた。

「どこで見つけていらっしゃるのかしら、蟬《せみ》や蝶々の死体を見つけてきては、庭園の隅にお墓を作って、花を捧げ祈るのです。いつだったか、栗鼠《りす》の死体を見せられて、私は恐くて泣いてしまいましたの。それがきっかけで、お弔いごっこは禁じられました。あの頃は、小さな命まで弔ってやろうとなさる黒獅子様のお気持ちを、ご立派だと思う反面、子供心にはなにやら恐ろしく思えてなりませんでしたわ」

エンジュは、ただ押し黙り、話に聞き入っていた。

「姫様からそのお話を伺ったとき、私はこう考えました」

バートン夫人が話の先を継ぐ。

「当時、扶育《ふいく》係の方々は、黒獅子様が死を玩《もてあそ》んでいるかのように考えられたようですが、むしろ逆ではないかと」

「逆?」

「はい、むしろ…死を恐れるあまり、日常のものとされたかったのではないかと」

「それは……」

エンジュは物悲しい思いで、言葉を続けた。

「いずれ、訪れる死に備えて……?」

「おそらくそうではないかと……。前の王妃様は、晩年には枕から頭を起こすことさえ、ほとんどございませんでしたから」

エミレ妃とバートン夫人が退出すると、エンジュは図書室にこもり、ひとり物思いに耽《ふけ》った。

膝の上には、茶会の日にバートン夫人から贈られた詩篇の抜き書きがあった。

それは、文学的に優れているというよりは、エンジュ個人にとって貴重な詩だった。

それは叙事詩だった。

いまから三百年程前、国王を身を呈《てい》して守った王妃の献身を美しい言葉で綴《つづ》ってあった。

エンジュは、この詩篇をすでに諳《そら》んじるほど、何度も読み返していた。

読み返すたびに、不思議な力が体の奥から湧いてくるような気がした。

それは、叙事詩の主人公が、エンジュと同じく王妃であったことと関係している。

だが、共通点はそれだけではなかった。

詩篇は謳《うた》う。

命をかけて国王を守った王妃の姿を。

その瞳　空の青を映し　森の緑を宿す
額に咲ける　紅の薔薇　かぐわし
天より遣わされし　聖痕《せいこん》の乙女
銀の弓に　金の矢を番《つが》え　闇に光を放たん

『聖なる印を持つ乙女』が、ひとりではなかったことが、この詩篇からも窺《うかが》える。

この王妃のように、武器を持ってカウルを守ることはできないが、自分が異相を持って生まれたことは、なにかしら意味があるのではないかと、エンジュは思う。

そうありたい。

そうであって欲しい。

それが、エンジュの正直な気持ちだ。

今日、エミレ妃とバートン夫人から聞かされた、カウルの過去は寂《さび》しいものだった。

王家に生まれ、飢《う》えることも凍えることもなかったろう。

それは間違いなく幸せなことだ。

しかし、寂しかったことも事実。

両親が生きていた頃、エンジュも間違いなく幸せだった。

理不尽《りふじん》な差別にあって、辛《つら》く寂しい思いもしたが、自分は幸せだったとエンジュは思う。

それは、両親の惜しみない愛情を一身に注がれていたからだ。

だが、カウルはどうだったろう。

思い当たることがいくつか、あった。

以前。

そう、四年前、鳳凰城で暮らしたとき、カウルが叫んだ言葉を、うっすらと覚えている。

『死ぬな、死なないでくれ！　エンジュ!!　おまえまで私を置いていく気か!?』

あれも、エンジュが高熱を発した時だった。

寒い寒いとがたがた震えるエンジュの耳元で、カウルは叫んだのだ。

夢か現《うつつ》かはっきりしない記憶だったが、エリアもそれを覚えていると言っていた。

高熱を発しただけで、聞きようによっては随分大袈裟《おおげさ》な台詞《せりふ》に聞こえるだろう。

だが、カウルが何を恐れていたかわかってしまった今となっては、胸が締め付けられるような思いがした。

病弱で寝たきりだった母。

物心つくかつかないかで他界した乳母。

母に抱かれたことのない幼子は、きっと乳母を母のように慕ったのだろう。

乳母も、皇子の乳母にと望まれたからには、健康な女性だったのだろう。

それなのに、突然亡くなったのだ。

幼心に、それはどんなに恐ろしいことだったろう。

健康な乳母でさえ、ふとしたきっかけで亡くなることがあるのだ。

病弱な母がいつ亡くなってもおかしくないと、幼いカウルは思ったのではないか。

エンジュは、優しかった両親が流行《はや》り病で相次いで亡くなった、あの悪夢の日々を思い返していた。

あの時、エンジュは十一歳だった。

それでも、心に受けた衝撃は大きかった。

衰弱して行く両親を看病する日々、迫りくる死の影に何度叫びそうになったことだろう。

自分の異相を嫌い、医者や村人たちも、頻繁《ひんぱん》に訪ねてはくれなかった。流行り病だから、仕方がないと言ってしまえばそれまでだが、あの頃、自分の色違いの瞳と額の痣《あざ》をどれほど恨んだことか。

これさえなければ、手厚い看護を受けられるのにと、何度泣いたことか。

バートン夫人は、最後に言いにくそうに付け加えた話を思い出す。

『前の王妃様を案ずるあまり、黒獅子様を傷つけるような発言をする者もいたと聞き及んでおります。聡明な黒獅子の王子はどれほどお心を痛められたことでしょう』

その痛みを、エンジュは自分のこととして理解することができた。

カウルの痛みとはまったく同じではないだろう。だが、自分の痛みと引き寄せて想像することができる。

だから、エンジュの胸は痛む。

鋭い刃物で切りつけられたように痛む。

『あの夫婦も可哀相に、あんな気味の悪い娘さえ生まれなければ、もっと幸せだったろうよ』

『どうせ死ぬなら、あの娘が死ねばよかったんだ』

なぜ、聞きたくない言葉ほど、耳に残るのだろう。心に刻まれてしまうのだろう。

四年前、見えなかったカウルの心を知るたびに、エンジュの胸に湧き上がってくるものは、痛みとそれを凌駕《りょうが》する、愛しさ。

心も体も強くなりたいと、エンジュは願った。

詩篇に謳われた王妃のようにとまでは望みはしない。しかし、強くなりたい。

カウルに労《いたわ》られるだけでなく、自分もまた労ることができるように。

守られるだけでなく、守れるように。

強くなりたいと、エンジュは思う。

カウルのために、心も体も強くならなければと、エンジュは自分に誓うのだった。

「随分《ずいぶん》、難しい顔をしているのだな?」

突然話し掛けられて、エンジュは椅子から飛び上がるほど驚いた。

「エンジュ、なにをそれほど驚く?」

戸口で呆れたように腕を組んでいるのは、カウルだった。

「ごめんなさい。考え事をしていたから……」

「なにを考えていたんだ?」

エンジュの頰がさっと紅潮する。

まさか、あなたのことを考えていましたとは言えるはずがない。

「秘密です」

「当ててやろう。俺のことを考えていたんだろう?」

「え…、なぜそれを……?」

驚いてエンジュが口走ると、カウルはからからと声をあげて笑い出した。

「語るに落ちるとは、まさしくこのことだ」

自分の失態《しったい》に気づき、エンジュの顔がますます赤くなる。

「俺は何度も声をかけたぞ。それに気づかないほど夢中になって、俺のことを考えていたんだ」

楽しそうに話しながら、カウルは三歩でエンジュに近づき、横から攫《さら》うように抱き寄せると、エンジュを腕のなかに閉じ込めてくるくると回りだした。

「カウル様!? 目が回ります」

「俺も嬉しくて、目が回りそうだぞ」

神の祭壇で、婚姻の誓約をした日から、すでに四年が過ぎていたが、この二人にとっていまがまさに蜜月《みつげつ》だった。

第三章　聖なる印

―

強くなりたいと願っても、すぐさまそれが実現できるものではない。

昨晩、カウルのために、身も心も強くありたいと願ったエンジュではあったが、つい先程偶然耳にした会話に、気持ちが沈んでいた。

カウルを政務に送り出したあと、エンジュは乗馬をしようと一度は外に出たのだが、ぽつぽつと雨が降ってきたため、帽子を取り替えようと私室に戻った。

中庭から外階段を使って、テラスから部屋に入ったのは、単に時間を惜《お》しんでのことだった。

衣装室の手前で足を止めたのは、中から啜《すす》り泣きが聞こえてきたからだ。

「エリア様、私は悔《くや》しいんです」

それは、デセールザンドで雇い入れた若い侍女の泣き声だった。

「今回の女官長の更迭《こうてつ》を、女官たちは王妃様が命じたのだと噂《うわさ》しているのですよ……」

「無責任な噂など、無視なさい」

エリアの宥《なだ》める声も聞こえてくる。

「でも、でも！　王妃様がどんなにお優《やさ》しく気高い方か知りもしないくせに、貴族でないからという理由で、いずれセネドラの王女が陛下《へいか》の寵愛《ちょうあい》を受けるだろうと、まるで決まりきったことのように話しているのには我慢なりません」

「言いたい人には言わせておけばいいのよ。私たちは、陛下のお心が王妃様にあることを、誰よりも知っているじゃありませんか」

エンジュは、帽子のことなど忘れて、逃げるようにしてその場を去ることしかできなかった。

厩《うまや》に走ってきたものの、乗馬を楽しむ気分ではなかった。

幸い、馬番たちは朝食の時間のようで、人の気配がない。エンジュは、作業用の椅子に腰をおろし、ため息をついた。

努力だけでは克服《こくふく》できないことがある。

エンジュは身をもって知っている。

故郷の村にいるときは、この異相ゆえ人に嫌われていた。

二色の瞳《ひとみ》も、額の痣《あざ》も努力ではどうすることもできなかった。

『聖痕《せいこん》の乙女《おとめ》』の説話が伝わっていなかった村では、それは忌《い》むべきものでしかなかった。

出自《しゅつじ》もそうだ。

侍女たちは、身元さえしっかりしていれば、貴族の娘でなくとも城での奉公が認められたが、女官と呼ばれる者は、貴族の娘でなければならない。

それを誇りにしている彼女たちにしてみれば、たとえ『聖なる印』を持っていようと、貴族の生まれでもない、それも辺境からやってきた娘を王妃と崇《あが》めることに抵抗があるのだろう。

だが、『聖なる印を持つ乙女』が城に招かれた際、ただひとつ出された条件は、過去を捨てることだった。

エンジュは、故郷を忘れ、ロムニアの姓を離れ、神から遣わされた乙女として王の招きに応じたのだ。

それは、両親を心から愛するエンジュにとって身を切るより辛《つら》いことだった。

いくらそれが建前にしか過ぎないとしても、今頃それを取り沙汰するのは情のないことだった。

自分に至らぬ点があれば、改めよう。だがしかし…………。

エンジュは、ため息をひとつ零《こぼ》すと、口の両端を引き上げ無理矢理笑顔を作り、自分に言い聞かせるため呟《つぶや》いた。

「それでも、カウル様は王妃だとおっしゃってくださる」

貴族社会で、エンジュが縋《すが》れるものは、結局それだけなのだ。

エンジュは作った笑顔のまま、立ち上がった。

思い悩んでもしょうがない。自分にできることをするだけだ。それしかできない。

とりあえず、愛馬のもとに近づくと、首に抱きついた。すると、賢い馬はエンジュの頬をぺろりと舐《な》めた。

「慰めてくれるの？」

愛馬の無邪気《むじゃき》な愛情表現に、ささくれ立っていた心も和《なご》む。

エンジュの小さな顔に心からの笑顔が浮かぶ。

「おまえは優しいのね」

そんなことを囁きながら、爪先《つまさき》立ちで腕を伸ばし鬣《たてがみ》を撫でていると、背後から声がかかった。

「王妃様」

エンジュが振り返ると、背が高くほっそりとした肢体《したい》に、白い軍服をまとった麗人《れいじん》が立っていた。

「失礼を承知の上で、話し掛けますことをどうかお許しください」

そう言って、片膝をつき臣下の礼をとるのは、セネドラの女騎士だった。

「シジューム様？　ですね。セネドラの騎士様、どうぞお立ちください」

朝の清掃を終えたばかりの厩舎《きゅうしゃ》の中だ。土床はまだ濡れている。シジュームの白い軍服の膝が汚れてしまうと、エンジュは立つように促したが、女騎士は強い口調で「いいえ」と断る。

「私は、王妃様にお詫《わ》びせねばならぬ大罪を犯しました」

「シジューム様?」

「知らぬこととは申せ、王妃様のお馬車を半ば強引にお借りいたしましたこと、すべて私の咎《とが》にございます。騎士としてあるまじき無礼な行い。お詫びの言葉もございません」

深く頭をたれるシジュームに、エンジュはかえって困ってしまった。

「シジューム様、そのことでしたら、もうお気になさらないでください。すべて、主人を思う忠義があっての行い。セネドラの内親王殿下を羨《うらや》ましく思いこそすれ、あなたを咎める理由がどこにありましょう。さあ、どうぞお立ちください」

「いいえ、高貴な婦人からお馬車を取り上げるなど、聖母に仕える騎士として真《まこと》に恥ずべき愚行。セネドラのシジューム、心から悔いております。そして、王妃様になにとぞご理解いただきたくは、あの愚《おろ》かな振る舞いはあくまで私の軽挙妄動《けいきょもうどう》。リアネージェ殿下はご存知ないのでございます」

エンジュは、自《みずか》ら膝《ひざ》をつきシジュームの目線に降りると、泥にまみれた拳をとり立ち上がらせた。

「シジューム様、実は私もあの場にいたのです」

「え? あの場にいらした?」

「私はこの異相ゆえ、ヴェールを被《かぶ》っておりましたし、供の者が隠してくれたので、お気づきにならなかったと思いますが、シジューム様の真剣なご様子に胸を打たれました。これほど凛々《りり》しい騎士様が、心をこめてお仕えするお方は、さぞかし素晴らしいお方であろうと思いました。それに、陛下のために遙々《はるばる》いらしてくださったのですもの、少しでもお力になれたのでしたら、それは私にとって喜びです。ですから、もうこの件はお忘れください」

シジュームは、暫《しば》しの間、言葉を忘れエンジュの顔を正面から見つめた。そして、おもむろに口を開いたのだ。

「ありがたき幸せにございます」

女騎士は、右腕を胸に置くと深々と一礼した。

「我が身は、リアネージュ殿下に剣を捧げた身ではございますが、王妃様のご温情にいずれなんらかの形でお応えできればと願う次第です」

セネドラの女騎士は、凛《りん》とした声でそれだけ言うと、踵《きびす》を返しエンジュの前から立ち去ろうとした。

厩舎の戸口で彼女が立ち止まる。

いつの間に雨が上がったのだろう、差し込む光の中、シジュームの腰に佩《は》いた剣がきらりと光を弾いた。

まばゆい光の軌跡を描き、シジュームは退出の礼をとるためふたたび振り返った。

その時、エンジュは思わず呼び止めていた。

「シジューム様、お願いがございます」

女騎士は、訝《いぶか》しげな表情で王妃の言葉を待った。程なくその双眸《そうぼう》は瞠目《どうもく》する。

王妃は言った。

「私に、剣を教えてください！」

その次の日から、エンジュの朝の日課に剣の稽古《けいこ》が加わったのだった。

後宮の中庭で、少女の着る裾《すそ》の短いドレスをまとい、セネドラの女騎士を相手に剣を振るう王妃の姿は、宮廷の話題をさらった。

王妃とあろうものがはしたないと眉を顰《ひそ》める者もいれば、女だてらにと笑う者もいた。

青梟《あおふくろう》の乱をいまだ生々《なまなま》しく記憶する者は立派な心がけと誉めそやし、『聖なる印を持つ乙女』のなさる事、これはなんらかの神の啓示《けいじ》に違いないと声高《こわだか》に主張する者もいた。

もともとエンジュを歓迎しない一部の女官たちは、やはりお生まれがお生まれだからと、陰で嘲《あざけ》るのだった。

だが、王妃の剣の稽古を微笑《ほほえ》ましい思いで見つめている者もいた。それは、バートン夫人とその主人エミレ妃だった。

バートン夫人は、エンジュのよき理解者であるトリエル教主に頼み、聖堂図書館で最近発見された詩篇を聖歌として礼拝の際に歌うよう取り計らった。

詩篇に謳《うた》われる古《いにしえ》の王妃の凛々しくも美しい姿に触れ、エンジュに対して否定的だった人々も、徐々にその考えを改めていった。

さらには、ダンスを好み、おっとりした性格で知られるエミレ妃が、なにを思い立ったか王妃と共に剣の稽古を始めてからは、陰口を叩く女官たちも少なくなった。

彼女たちも知っているのだ。五年前、太平の世を信じ安逸《あんいつ》を貪《むさぼ》っていた鳳凰城《ほうおうじょう》が、剣と血と絶叫に支配されたことを。

夜陰《やいん》に乗じて襲い掛かった反逆者たちが、城内で繰り広げた惨劇を、ある者は目の当たりにし、ある者は聞かされていた。

その夜、城内で多くの者が剣を求めたことだろう。

あの内乱から、ようやく六年。

国内は安定してきたが、傷はまだ完全に癒《い》えてはいないのだ。


「豆が随分《ずいぶん》堅くなったな。前ほど痛まないだろう?」

秋の夜長、カウルはエンジュの手を取り、剣の稽古に励《はげ》む手を優しく撫《な》でる。

「少しは腕が上がったか?」

エンジュは、カウルの手のぬくもりに目を細めながら、小さく首を振る。

「シジューム様に毎日しごかれているのですが、なかなか……」

カウルは、エンジュが剣を習うことを、反対しない。かといって、激励もしない。ただ、労《いたわ》るだけだ。

「おまえが立派な剣士になるのと、俺が立派な国王になるのと、どちらが先だろう。もっとも、負ける気はしないがな」

エンジュは微笑む。カウルはエンジュを縛ろうとしない。王妃という型にはめて、人形のように愛玩《あいがん》するため側に置こうとはしない。

エンジュが自発的に始めることは、理に叶ってさえいれば、必ず認めてくれる。

剣を習うことに関しても、カウルは反対しなかった。

体の小さいエンジュが、優れた剣士になるとは思えなかったが、剣を習うことで体が鍛えられるのは間違いないし、自分の身は自分で守るという意識は重要なものだ。

王妃であれば、守られて当たり前の立場ではあるが、いまだ反逆者の残党を完全に根絶やしにしたとは言えないのが現状だ。

青梟に荷担しながら、追及を逃れた者が、今現在宮廷にいないとは言い切れない。

血を分けた世継ぎがいないいま、王位継承権をもつ者は親戚《しんせき》筋になる。一番血の近い叔父《おじ》が兄を殺した事実は、いつまた再現されないとも限らない。

あの反乱が、完全に過去のものとなるまで、警戒を怠《おこた》ってはならないのだ。

「エンジュ、おまえに任せているあの町だが、新たな名前を付けようと思う」

エンジュの指に薬を塗りながら、カウルは何気ない雰囲気《ふんいき》でそう言った。

「エンジュの好きな名前を付けていいぞ」

「名前ですか？」

「なにかないか？」

「突然いわれても……」

「早く言わないと、俺が決めてしまうぞ」

エンジュはくすりと笑った。

「カウル様、その口ぶりではつけたい名前がおありなのでしょう？」

「うん、まあ…そうだな。だが、采配はおまえがしているのだし、………」

「私に遠慮などなさらないでください。どのような名前をおつけになるおつもりですの？」

カウルは、エンジュの小さな手を両手で包み込むと、二色の瞳をひたと見据え、おもむろに口を開いた。

「ロムニア」

エンジュは、思いがけない名前に、瞬きを繰り返す。

「でも、カウル様……」

エンジュはそれ以上、言葉にできなかった。

――ロムニア。

それは、エンジュの姓だ。

『聖なる印を持つ乙女』として都に上がるため、捨てざるを得なかった家名だ。

父が受け継いだ姓だ。

「おまえの街だ。おまえの名をつけるのが相応しいと思う。その名の由来は、公式に明かすことはできない。それだけは許してくれ」

カウルは、エンジュの手に額《ぬか》ずくように額を押し当て、謝罪を口にした。

「カウル様、……顔を、あげてください。謝らないで。謝ったりしないで。私は、こんなに嬉しいのに……」

日を重ね、時を重ね、二人の間に確かな絆《きずな》が育って行く。

お互いを思いやる優しい気持ちが、カウルとエンジュの確かな支えだった。

2

次の日の午後、視察に赴《おもむ》いた先で、思いがけない報告を受けたカウルは、急ぎ鳳凰城《ほうおうじょう》に戻った。

「エンジュ!? 無事か！」

ドアを壊しかねない勢いで部屋に現れた国王は、ベッドの上で上半身を起こしている王妃を見つけ、その端正な顔を強張《こわば》らせた。

「エンジュ、……起きていて大丈夫なのか？ 怪我をしたと聞いて、どんなに驚いたか」

「カウル様、ご心配かけて申し訳ございません」

カウルは、エリアが運んできた椅子に腰をおろすと、昨日自分が薬を塗ってやった手を握り、二色の瞳を覗き込んだ。

「落馬したと聞いたが、怪我は？」

エンジュは、少し躊躇《ためら》ったあと、諦《あきら》めたようにため息を吐くと、寝衣の右袖《そで》をめくりあげた。あらわになった細い腕の、手首とひじに包帯が巻かれている。

「カウル様、落馬はいたしませんでした。シジューム様が助けてくださいましたの」

カウルは、エンジュに言われるまで、王妃の寝室にセネドラの女騎士がいることに気がつかなかった。

「シジューム殿?」

聖母騎士団の白いお仕着せに、胴鎧《どうよろい》をつけたままのいでたちで、セネドラの女騎士は窓を背に控えていた。

「シジューム様が、咄嗟《とっさ》に手綱《たづな》を引いてくださらなかっなら、私はあのまま馬から振り落とされていましたわ」

事の経緯《いきさつ》を話すエンジュの瞳には、シジュームに対する信頼が溢《あふ》れていた。

「シジューム殿、王妃の身を守ってくれたこと、心から感謝する」

「陛下、勿体《もったい》無いお言葉です。騎士として、すべきことをしたまでにございます」

カウルは、重ねて謝意を述べると、シジュームを下がらせた。

二人きりになると、改めてエンジュに問い質《ただ》す。

「なぜ怪我を?」

「シジューム様が馬を宥《なだ》めてくださいましたが、なかなか興奮が収まらない様子で、馬から下りたのです。そのとき、転んでしまって……。ひじは軽い打ち身で、手首は捻挫《ねんざ》です」

「他に痛むところはないのか? 腰や頭は打ってないのだな」

「はい、でもシジューム様のおかげでこの程度の怪我ですみました。本当にありがたく思っています」

「エンジュ……」

嬉しそうに語るエンジュを、カウルは苦笑で見守るしかなかった。

シジュームは、側妃になるために後宮にやってきたセネドラの王女の従者である。王女に剣を捧げているという話だから、シジュームの忠誠は、リアネージュ王女を第一とするはず。

リアネージュ王女の求愛を退けているカウルにすれば、王女に近しい人物と王妃であるエンジュが親しくすることには抵抗がある。

「おまえの護衛は、黒か青の騎士に任せていたはずだが?」

「はい、今日もお二方、ご同行くださいました」

「なぜ、シジューム殿も?」

「なんでも、セネドラの後宮では、ご婦人方の外出は認められていないそうなのです。ですからセネドラの王女様は出かけることに罪悪感を覚えるとおっしゃって、閉じこもっておいでだそうです。シジューム様は、そんな王女様のために都の様々なことをご自分の目でごらんになり、面白《おもしろ》おかしく話すのが日課だとおっしゃっていましたわ」

「つまり、エンジュがその案内役を買って出たというわけだ?」

「いいえ、案内役だなんて……。私も都のすべてを見て回ったわけではございませんもの。よい機会だと思い、ご一緒しているのです」

カウルは、口の片端を引き上げ形だけ笑ってみせた。

エンジュは、無邪気だ。

幼い頃から、理不尽《りふじん》な差別と迫害を受けて育ったというのに、ねじくれたところがない。

善意の塊《かたまり》のようで、それがカウルには眩《まぶ》しく映る。

「とにかく、怪我が完治するまで外出は禁止だ。わかったな」

「はい……」

しぶしぶといった表情で、エンジュがうなずくと、カウルは噴き出してしまった。

「子供じゃないんだから、口を尖《とが》らせるな。シェリダンをよこすから、ロムニアの町の件でなにかあれば、彼に頼めばいい。なに、打ち身と捻挫だ。十日もおとなしくしていれば、すぐに治るさ」

「ありがとうございます」

この時点で、カウルはエンジュの怪我をただの事故と思っていた。

だが、私室に訪ねてきたシェリダンの報告に、事がそれほど単純なものではないことを知った。

「酔漢《すいかん》に襲われた?」

エンジュの怪我にばかり目が行って、なぜ馬が突然暴れたのかまで、気が回らなかったのだ。

「ああ、同行した騎士の話では、酒に酔った男が王妃様のご乗馬に空の酒瓶を投げつけたらしい」

「なんだと？　それでその酔漢は？」

「すぐに取り押さえ、先程まで尋問《じんもん》していた」

「それで？」

「完全な酒浸《びた》りで、自分がなにをしたかもまるでわかっていない。一応牢屋《ろうや》に監禁《かんきん》し、酒が抜けてから再度取り調べるつもりだが、あまり期待できない」

シェリダンは忌々《いまいま》しげに吐き捨てた。

「エンジュを、王妃と知っての狼藉《ろうぜき》か？」

「わからん」

「昼間から、仕事もせずに酒を飲んでいたのか？」

「わからん」

「なにもわからんのだな。聖十字星章が泣くぞ」

カウルが刺々《とげとげ》しい声で嫌味を言うと、シェリダンは涼しい顔で口を開いた。

「そうでもないぞ」

「なにを勿体《もったい》ぶっている」

「まだ確証がないのでね」

「確証？」

「黒幕がわからん」

「……黒幕とは聞き捨てならんな。さっさと言え」

「酔漢の名は、シーズ。若い頃は、腕のいい銀細工師だったそうだ。酒癖《さけぐせ》が悪いのが珠《たま》に瑕《きず》という感じだったようだがな。青梟《あおふくろう》の乱で妻子を亡くしてからは、仕事もせずに酒に溺《おぼ》れる毎日だそうだ」

カウルは、眉間《みけん》にしわを寄せ、不機嫌な声で言った。

「俺は同情などしないぞ。あの反乱で、妻子を亡くしたのは、なにもそやつ一人ではないのだからな。六年間も酒浸りの毎日か？　むしろ羨ましい話じゃないか。よく金が続くな」

「そう、大切なのはそこだ。この六年の間に蓄《たくわ》えは底をつき、家も売り払い、最近では物乞い同然の暮らしだったそうだ。当然、酒を買う金などない。実際、酒場の裏口で、空になった酒瓶の口を舐《な》めている姿が目撃されているぐらいだからな」

カウルの表情が険《けわ》しくなり、青い瞳が色を増す。

「シェリダン……、エンジュはどこで怪我をした？」

「ロムニアだ。隣町のエスタルからロムニアの間の辻《つじ》に、工事に携《たずさ》わる人間を当てこんだ露店《ろてん》が出ていて、結構繁盛《はんじょう》している。水売りや軽食を売る屋台だ。昼近くだったので、早めに休憩にはいった者が露店の周りにたむろしていたそうだ。彼らは王妃様が視察に訪れるのを、楽しみにしている。

王妃様が、彼らの歓迎に応えているとき、酒瓶が飛んできたらしい」

「その酒浸りの痴《し》れ者は、昼の日中、酒場どころか家ひとつ建っていない工事現場の、酒も置いていないような露店の近くにいたわけだ」

「ああ、酒を買う金もなく、がたがた震えながら飲み屋街を彷徨《さまよ》っていた男が、へべれけに酔っ払って上機嫌でな」

「おかしな話だな」

「投げつけた酒瓶は、リシェリの一級酒の瓶だった」

「ほう、いい酒じゃないか。値段も一級だったと記憶しているが」

「ああ、おれも最近口にしていない。それと、奴の懐《ふところ》には、銀貨が十枚入っていた」

「銀貨十枚？　それはすごい。一月《ひとつき》は、余裕で遊んで暮らせる大金だ」

カウルは、薄い笑みを浮かべると、ぞっとするよな冷たい声で呟いた。

「怪しいな」

「大いに怪しい。シーズに酒と銀貨を与えたものをいま探している」

「それが黒幕か……。その謎の人物が与えたものは、酒と銀貨だけじゃないのだろう」

「おそらく」

「シェリダン、草の根を分けても探し出してくれ」

「わかった」

翌日になると、シーズの酒も抜け、まともな言葉の遣《や》り取《と》りができるようになった。だが、思ったとおり、欲しい情報は得られなかった。

わかったことは、シェリダンとカウルが、状況から推察したことと大差なかった。

酒が欲しくて、夜中に繁華街をうろついていると、酒を飲ませてやろうと知らない人間に声をかけられた。

新しい情報といえば、この人物が女だったことだろう。

四日ぶりに飲む酒に、シーズはあっという間に虜《とりこ》になった。

『その女は、なんか憎い相手がいるって何度も繰り返してたよ』

『誰を？　どんな理由で憎んでいた？』

『覚えちゃいねえよ。でもよう、衛兵隊の兵舎があった街に、馬に乗ってよくやってくるって言ってた。卑《いや》しい女の分際《ぶんざい》で、幸せそうにしているのが許せねえってさ』

『自分で、あの街に行ったのか？』

『覚えてねえよ。気がついたらあそこにいたんだ。そしたら、話に聞いた女がちょうど馬に乗ってやってくるじゃねえか。おれたちが酒も満足に飲めねえぐらい、貧乏してるってえのに高そうな服を着てさ、すましてるじゃねえの。こいつ、贅沢《ぜいたく》してるんだろうって思ったら、俺も腹が立ってきてさ。それでついね』

シーズの身体を調べた医者の報告では、捕らえた直後採取した尿のなかに、大量の酒精とともに毒薬とされる成分が混じっていたこともわかった。

それは、ある種のキノコから採れる成分で、ひどい酩酊《めいてい》感と幻覚《げんかく》をもたらすものとして知られていた。

眠くなるのもひとつの特徴で、幸せな夢を見ることができるという。ただし、夢から覚めると、多幸感は消え去り、怒りや悲しみといった負の感情に支配されるのだ。

おそらく、シーズは酒に酔わされ、薬で眠らされた状態でロムニアの街に運ばれたのだろう。そして、頃合を見計らって起こされたのではないだろうか。

大量の酒と一緒にこの毒薬を摂取《せっしゅ》すると、最悪の場合心臓が止まる危険性がある。

シーズに酒と銀貨を与えた女が、それを知っていたとしたら、間違いなく犯罪である。

シェリダン配下の黒の騎士団が、総力を挙げてこの件にあたった。

その結果わかったことは、露店の売り子たちは事件がおきるまで、シーズの姿を見ていないということと、見たことのない箱馬車が朝から街道沿いに停まっていたことだった。

シーズは、この馬車の中でエンジュがやってくるまで眠っていたと思われる。なぜなら、事件直後には、その馬車の影も形も見当たらなかったらしい。

真っ先に疑われたのは罷免《ひめん》された先の女官長だった。だが、彼女は同じ時刻、離れた街の聖堂で礼拝に列席していた。

売り子たちから詳しく聞きだした馬車の型を手がかりに、黒のマントの騎士たちは、謎の女を捜し歩いた。

十日が過ぎても芳《かんば》しい情報は摑《つか》めないでいた。

直接指揮にあたるシェリダンと、報告を待ちわびるカウルを嘲笑《あざわら》うように、次の事件が起こった。

今度の事件は、鳳凰城がその舞台だった。

被害者は、セネドラの女騎士、シジューム。

そして、その加害者はエンジュであった。

右腕の怪我が治ると、エンジュは早速《さっそく》、剣の稽古を再開した。

この剣に細工がしてあったのだ。

エンジュが稽古に使う剣は、刃を殺してある。初心者がまずはじめに手にする物だ。

いつもは、衣装室にしまっているこの剣が、その日はなぜかテラスにあった。

久しぶりの稽古ということもあり、侍女たちは皆、誰かが気を利《き》かしてだしておいたのだろうと深く考えなかった。

それが、血を呼んだのだ。

エンジュの練習用の剣は、真剣に取り替えられていた。

初心者でもあり、十日ぶりに手にするエンジュは、剣の違いに気づくことはできなかった。

エンジュとシジュームは、いつものように一礼した後、剣を交えた。

エンジュが深く踏み込み、シジュームの胸元を狙って鋭い一撃を繰り出す。

シジュームは、それを軽く払った。まだ手首にかすかな痛みを感じるエンジュは、払われた腕を制しきれず、そのまま剣を上に跳《は》ね上げていた。

エンジュの剣の切っ先が、シジュームの頬をかすった。

それは、わずかに皮膚《ひふ》を傷つけたものの、剣の稽古につきものの、擦り傷にしか過ぎなかったはずだ。

いや、いつもの刃を殺している剣ならば、傷などつかなかっただろう。

だが、シジュームの頬に赤い直線が浮かび上がる。

傷口で玉を結んだ血液が、細い線となってすべる様に、エンジュは瞠目《どうもく》した。

その段になって、エンジュもシジュームも、剣が取り替えられていることに気づいたのだ。

シェリダンを呼び、慌ててすべての剣を調べると、シジュームの稽古用の剣も、予備の剣も、すべて真剣に取り替えられていた。

「いったい誰が……」

愕然《がくぜん》とするエンジュの隣で、エミレ妃の手当てを受けていたシジュームが、突然呻《うめ》きながらその場で意識を失った。

「シジューム殿!?」

驚いたシェリダンが、シジュームの身体を抱き起こすと、すでに発熱していた。

「陰湿なっ!」

普段は、温厚なシェリダンが怒気《どき》も隠さずに吐き捨てた。

取り替えられた剣には、毒が塗ってあったのだ。

あきらかな容態《ようだい》の急変に、シェリダンはすぐにそれに気づき、傷口に口を当て、毒を吸いだした。

後宮の中庭に最も近いことから、すぐエンジュの寝室に運び、御殿医が治療にあたった。

シェリダンの適切な処置のおかげで、シジュームは大事に至らなかった。

今回、毒に倒れたのはシジュームだったが、すべての剣が取り替えられ毒が塗られていたのだ。

エンジュやエミレ妃にも、その危険性はあったわけだ。

先日の酔漢の事件を調べているシェリダンには、これが偶然が重なったとは思えなかった。

ましてや、どちらの事件も毒が使われている。

何者かが、エンジュの、――王妃の命を狙っているとしか考えられなかった。

シェリダンは、ことがことだけに自らカウルを呼びに駆けていった。

エリアをはじめとする侍女たちは、剣がテラスに出ていたことをおかしいと気づかなかった自分たちを責め、後悔の涙を流す。

この異常事態のなか、二重の意味で『招かれざる客』が、怒りの形相《ぎょうそう》でやってきた。

「ご説明くださいませ！」

雪と見まごう白い頬を、怒りで朱に染め、甲高《かんだか》い声を張り上げたのは、セネドラの王女リアネージュだった。

「どのような理由があって、王妃様はセネドラの騎士に太刀を浴びせられたのです⁉」

エンジュの手にした剣が、シジュームを傷つけたことに間違いはないが、それは仕組まれたもの。

エンジュの命もまた危険にさらされていたのだ。

その事実を知りもしないで、結果だけをあげつらい、リアネージュは一方的にエンジュを責め立てた。

「以前、シジュームが王妃様のお馬車を借り受けた件は、お許しいただいたと聞き及んでおります。それなのに、今頃になって憎く思われてのこの御振る舞いにございましょうか⁉」

「ちっ、違います！」

エンジュは慌てて、否定した。

「それではなぜ？　なぜ、シジュームは王妃様の剣によって、こうして傷つき苦しんでいるのでございます？」

「そ、それは……」

エンジュは、自分のベッドの上で、仰臥《ぎょうが》しているシジュームに目をやった。

毒のせいなのだろう。ひどく顔色が悪い。高熱のため、額には汗《あせ》が噴き出し、半ば開いた唇は乾き、苦しげな呼吸が忙《せわ》しく漏《も》れている。

「シジュームは、私のためを思って馬車を探してくれたのです。あとになってこのような仕打ちをなさるのなら、なぜあのとき、あの場で王妃様であられることをおっしゃってくださらなかったのです。シジュームは、子爵《ししゃく》家の血を引く者にございます。下々《しもじも》の者とは違うのです。王妃様と存じ上げていれば、すぐに諦めましたものを」

「王女様、誤解です」

「誤解？　なにが誤解でしょう。シジュームのこの苦しむ姿が、確かな真実ではございませんか？　それとも、シジュームを切りつけたのは、王妃様ではなかったとおっしゃるのですか！」

「それは……たしかに、私の剣ではございましたが……。でも……」

「王妃様ともあろうお方が、詭弁《きべん》を弄《ろう》するおつもりですかっ!?」

リアネージェの鋭い声が、その場を制した。

王女として生まれ、人に傅《かしず》かれ育ったリアネージェの怒りは、激しく威圧的ですらあった。

その姿に、エンジュの心の奥底に深く刻まれていた古傷が疼《うず》きだす。

それは、十八年生きてきたなかで、三年という短い期間ではあった。だが、叔母の気紛《きまぐ》れと理不尽な理由で、怒られ、叩かれて過ごした毎日が、エンジュの心に落とした翳《かげ》りは深い。心も体も強くあらねばと、日々自分に言い聞かせるエンジュではあったが、生来おとなしく控えめな性格の持ち主だ。

リアネージュのように激しやすい気性を前にして、エンジュが萎縮《いしゅく》してしまうのも無理のないことだった。

「王妃様は恐ろしい方です。一度は、優しい言葉でシジュームを安心させておいて、この機会をお待ちになっていたのですね。シジュームほどの剣の達人が、剣を習い始めて日の浅い方に、どうして不覚を取りましょう。可哀相《かわいそう》なシジューム、心を許したばかりに、このような辛い目にあって……」

リアネージュの気迫に押され、エンジュはじりじりと後ろに下がっていった。

「王妃様、セネドラでは二心《ふたごころ》ある者は、その身になんらかの印を持って生まれ落ちるとされています。王妃様の二色の瞳こそ、その印に違いありません。恐ろしい方。優しい言葉で人を油断させ、その実、心に刃を隠し持っていらっしゃる」

「やめて！」

エンジュは、両の手で耳を覆《おお》った。もう聞きたくなかった。瞳にまで、言葉が及んだことに、エンジュは取り乱していた。

全身が瘧《おこり》のように震え、手足が冷たくかじかんでいく。

「王妃様、衷心《ちゅうしん》より申し上げます。お聞きあそばせ」

どんなに強く手を押し付けても、リアネージュの言葉は鋭い棘《とげ》のように耳からエンジュの心に突き刺さる。

「高貴な血筋《ちすじ》に生まれた者には、それに相応《ふさわ》しい生き様というものがございます。貴女様の手、ごらんあそばせ。農婦の手のようではございませんか。一国の王妃ともあろう者が、料理人の真似《まね》事に、剣を振り回し、毎日のように城を空け、遊び暮らすなどセネドラでは考えられません。私は王女として生まれ、それに相応しい教育を受けてまいりました。貴族の誇りを持って、王と国のため身を尽くす殿方に相応しくあれと、育てられました。私たちは、美しい花でなくてはなりません。殿方の疲れた心を癒やし、慰める、気高き花でなくてはなりません。それなのに、その醜《みにく》い手は王妃としていかがなものでしょう？　黒の獅子王様の奥方が、みすぼらしい野の花では釣り合いが取れないとは思われませんこと？」

「その手より、美しい花を余は知らぬ」

リアネージュの言葉にかぶさるようにして聞こえてきた声は、けして大きなものではなかった。

だが力に漲《みなぎ》り、凛と響《ひび》く、張りのある声だった。

エンジュもリアネージュも、思わずその声の主を探した。

エリアをはじめとする侍女たちも、救いを求めてその声の主を振り返った。

開け放してあった寝室の戸口に、まばゆいばかりの黄金の輝きがあった。

端正で精悍《せいかん》な顔のなかで、いつもは青空に似た瞳が、いまは色を増し夜空の紫紺《しこん》を思わせる。

「陛下」

カウルの瞳が、どのような感情のもと、色を濃くするのか知らない異国の王女は、思いがけない登場に、その口元を綻《ほころ》ばせた。

「セネドラの王女、これはいったいなんの騒ぎなのかな？　怪我人の枕もとで声を張り上げるなど、許されることではあるまい？」

カウルにたしなめられ、リアネージュはまた瞳を吊り上げた。

「陛下、どうぞ私の話を聞いてくださいませ」

「なんなりと」

カウルは、そう言うと歩を進め、寝室の中央で立ち止まり、セネドラの王女と向き合った。

カウルがいままで立っていた戸口には、シェリダンと宰相の姿があった。

彼らは、すぐに気づいた。カウルが、その身でエンジュを王女の視線から庇《かば》ったことを。

そして、いま彼が浮かべる柔らかな微笑が、本心を隠すための仮面であることを。

だが、異国の王女に、カウルの表情を読むことなどできるはずがなかった。

穏やかに微笑むカウルは、亡き兄の面影を偲《しの》ばせる、美しい青年に違いはなかった。

貴公子然としたカウルの笑みに力を得て、リアネージュは幾分《いくぶん》言葉を和らげはしたが、エンジュに投げつけた暴言を繰り返す。

カウルは最後までリアネージュの言葉に耳を傾けた。

彼女が話し終えると、わずかに唇をゆがめる。すると、いままであった優美な微笑が、たちまち嘲笑に変わる。

リアネージュは、自分の言葉が思っていたほどの効果をカウルに与えなかったことに気がついた。

「リアネージュ王女、貴女《あなた》の話を聞く限り、シジューム殿は聖母に仕える騎士として比類なき者のようだな」

「陛下?」

リアネージュが伝えたかったことは、結局エンジュは一国の王妃に相応しくないということだったはずだ。それなのに、なぜカウルがシジュームの名前を口にするのかが、彼女には理解できない。

「この一件、誰の口から聞かされたのかはわからぬが、たしかに王妃の剣が貴女の騎士に傷を負わせたことは事実。それは認めよう。だが、そのシジューム殿の剣もまた毒を塗った真剣であったことは、ご存知か？」

「え？」

「予備の剣もすべて、同様。だが、王妃の剣は隣の衣装室に保管してあったが、シジューム殿の剣は彼女の私物。彼女が中庭に携《たずさ》えてきた剣であることは？」

「……」

リアネージェは、供の者に視線を彷徨《さまよ》わせた。彼女付きの侍女たちは、主人の無言の問いに小さく首を横に振ることで答えた。

「……存じませんでしたわ」

「つまり、この一件を聞きかじり、憶測《おくそく》だけで王妃を愚弄《ぐろう》したと、認められるわけだ」

「陛下、お待ちください。私は決して王妃様を愚弄したわけではございません。王妃様は、残念なことに、王家や宮廷というものをご存知ありません。ですから、私は」

「貴女が知っている王家も宮廷も、セネドラのもの。我が国とは違う点もあるとは思われぬか」

カウルの言葉に遮《さえぎ》られ、リアネージェは黙るしかなかった。

「先日、王妃の命をシジューム殿が救われたことはご存知か？」

「え……？」

「なるほど……、聖母騎士団では献身と謙遜《けんそん》を美徳とすると聞いているが、シジューム殿は実《じっ》践《せん》されておられるのだな。

　十日ほど前、王妃は何者かに命を狙われたのだ。それを助けてくれたのがシジューム殿だ。王妃は、シジューム殿を、命の恩人と大切に思っている。そして、これだけは覚えておいて欲しいのだが、余が選んだ生涯《しょうがい》の伴侶《はんりょ》は、天より遣《つか》わされた『聖なる乙女』。その印が、空と森の色を映した瞳なのだ。これをセネドラの迷信で貶《おとし》めるは、我らが信仰する神を貶めるも同然。それは我が国において、国家転覆《てんぷく》を図ったにも等しい罪である」

「陛下、お待ちください！　私はけしてそのようなつもりで」

「どのようなつもりであろうと、我らの信仰を愚弄し、王妃を辱《はずかし》めるものは、王に対する反逆に等しい。これだけはお忘れめされるな」

　リアネージェは瞬きを忘れ、唇を噛《か》み締める。自分が取り返しのつかない失敗を犯したことに、気が遠くなりそうだった。

　カウルは、リアネージェに背を向けると、部屋の隅で瞳に隠し切れない怯《おび》えを見せるエンジュを痛ましい思いで見つめた。

「エンジュ」

　優しくその名を呼び、いまだに耳元で行き場を失ったままの手を、いつかの夜のように大きな手で包んでやる。

エンジュの肩から力が抜けたことが、重ねた手から伝わってくのがわかる。

カウルはようやく、安堵の息をつき、唇の片端を引き上げるようにして笑った。

少し意地が悪く見えるこの笑みこそが、彼の本来の笑顔だ。

カウルは、エンジュを抱き寄せ、自分の右手をリアネージェに向けて翳《かざ》してみせた。

大きな手だ。日に焼け、爪は短く摘まれ、大小の傷と堅い皮膚で覆われている。

「貴女の目に、この手はさぞかし醜く映ることだろう。だが、余はこの手を誇りに思う。この手が、兄の仇を討った。この手が、一度は奪われた王位を取り戻した。この手が、我が国の未来を築いていく。その過程で、この手は幾度となく血に染まり、泥にまみれた。だが、この手が余の……、いや、俺の手だ。王の履歴《りれき》だ。この手に相応しいのは、しみひとつない白い手ではないはずだ。俺を支え、俺のために働く手を、俺は美しいと思う。俺が繋ぐべき手は、この俺の手に相応しい手だけだ」

カウルは、そう言うと翳していた右手を、ふたたびエンジュの小さな手に重ねた。

セネドラの王女は、悔しげに顔をゆがめると、踵《きびす》を返し無言で退出した。

「カウル様」

エンジュは呟くなり、力が抜けたのだろう、カウルの逞《たくま》しい胸に全身を預けていた。

「ありがとうございます」

「俺は、言って当然のことを言ったまでだ。感謝される筋合《すじあ》いはないと思うがな」

エンジュはその言葉が嬉しかった。嬉しくて、でもなんと言葉にしたらいいかわからなくて、咄嗟《とっさ》にカウルにしがみつく。

カウルは、エンジュの淡い金髪に指を忍ばせ、ゆっくりと撫でながら囁《ささや》いた。

「三年前……違うな。もう四年前だ。四年前、俺が言葉を惜しむことさえしなければ、おまえはこうして心を開いてくれただろうか」

エンジュはうなずく。何度も何度もカウルの腕のなかでうなずいてみせる。

「そうか、それでは俺は随分《ずいぶん》損をしたんだな」

3

「リアネージェ様、セネドラに帰りましょう」

カウルの徹底的な拒絶にあって、この二日間泣き暮らすリアネージェに、静かに語りかけるのは、傷の癒《い》えたシジュームだった。

「いやよ、おめおめと帰れるものですか！　お姉さまや妹たちにどれほど笑われることか、想像してごらんなさい。それだけじゃないわ。お父様がどれほどがっかりなさるか……」

言っているうちに、また感情が激してきたのだろう。リアネージェは座っていた長椅子に身を投げ出すようにして泣き崩《くず》れた。

「おまえたちに、私の気持ちがわかるものですか！　私は、白銀の王女よ。宮廷の白百合《しらゆり》と呼ばれていたのよ。私の成人の祝いに、どれほどたくさんの求婚者がやってきたか、忘れたの？　その私が、黒獅子《くろじし》王の後宮《こうきゅう》から返されたとあっては、なにを噂されるかわかったものじゃないわ！　いやよ、いやよ、帰れない。帰れるものですか」

しくしくと悲しげに啜《すす》り上げる姿は、なんとも哀《あわ》れで儚《はかな》げであったが、涙の理由はひどく子供じみていた。

「それにおまえたち、考えてもごらん。黒獅子様に匹敵《ひってき》するような殿方が他にいらして？　お血筋、財産、権力、それにあの容貌。背もお高くて、聞きほれてしまうお声。あの方と比べたら、誰も彼もつまらない石ころよ」

シジュームは内心ため息を吐いた。リアネージェがすでに意地になっていることは明白だ。国の大きさでいえば、たしかに黒獅子王に勝《まさ》るものはいないだろう。

だが、美貌でいえば、セネドラにも黒獅子に勝る者はいる。王女の盲目的な求婚者の中には、王位継承権をもつ者もいる。

たしかに、黒獅子王に拒絶されたということは、王女にとって瑕《きず》になるのかもしれない。

だが、それもたいした瑕とは、シジュームには思えなかった。

間違いなく、リアネージェの美貌は並びないもので、セネドラに戻り数年もすれば、また求婚者が殺到するだろうとシジュームは考えていた。

「王女様、館を賜《たまわ》りましょう。しばらく、この国で遊び、それからセネドラに戻ればよろしいではないですか。こちらの国の後宮は、セネドラとはまったくの別物だと、申し上げればよろしいのです。そして、物見遊山《ものみゆさん》にいっただけだとおっしゃればよろしいでしょう」

「そんな気休めにもならないことを、言わないでちょうだい。シジューム、おまえは裏切り者よ。私に剣を捧げたくせに、あんな気味の悪い王妃と親しくして。私は裏切り者の助言など信じなくてよ」

それは、シジュームにとって、すぐには信じられない言葉だった。

「王女様、裏切り者とはどういう意味でしょう?」

「言葉どおりよ。おまえは、あの王妃に優しくされて、いい気になっているのよ。いまだって、本当なら私のために、黒獅子様の誤解を解くため、あらゆる努力をするべきじゃなくて? それなのに、賢《さか》しら口を叩き、私を言いくるめて国に帰そうとする。あの卑《いや》しい女になにを吹き込まれたの⁉ おまえを信じていた私が愚《おろ》かだったのだわ」

「王女様、それはあまりに酷《ひど》いお言葉。このシジュームに二心《ふたごころ》があると仰《おお》せですか?」

「知るものですか! 毎日のようにあの色違いの瞳に見つめられて、おまえはその呪縛《じゅばく》にかかってしまったのよ。黒獅子様もそうよ。お城に着いたときは、わざわざお出迎えくださったのに、あの女が戻ってきた途端、態度を変えるなんて。きっとあの瞳に、秘密の力があるのだわ。ああ、黒獅子様は、その瞳に誑《たぶら》かされているだけなのよ。それをお教えできるのは、私だけなのに……」

シジュームはそっと王女の側から離れた。

なにを言っても無駄だった。いまはただ、自分の不幸に酔《よ》い痴《し》れて、嘆き哀しむだけだろう。

泣きたいだけ泣かせてあげよう。

それに飽きたら、少しは前向きに物事を考えてくれるだろう。

シジュームは、自分に与えられた部屋に戻るため、廊下に出た。

しばらく歩いていると、パタパタという軽い足音が、追いすがってくる。

振り向くと、一人の侍女が青い顔で近づいてくる。

「何事?」と、シジュームが声をかけると、侍女は内密の話があるという。

女騎士は、自室に侍女を招きいれた。

この侍女が、先日王妃の間にリアネージェが乗り込んだ際、供をしたことを意識を失っていたシジュームは知らなかった。

「実は、大変困ったことが……」

青ざめた顔で、侍女がぼそぼそと話す内容は、シジュームにとってあまりに衝撃的なものだった。

「なにを! なにを考えて、そのようなことを!?」

「お許しください、お許しください。シジューム様。でも、それ以外に王女様のご希望をかなえることはできないと思ったのです」

「王女様が、それを命じられたのか?」

「いいえ、そのようなことは神かけてございません。ただ、王女様が、時々ため息を吐かれるご様子が、あまりにお可哀相《かわいそう》で……」

「あれは、あれは……ただの口癖《くちぐせ》のようなものではないか。セネドラでも、よく口に上らせていらっしゃった。それを、おまえが知らぬはずなかろう」

リアネージェの口癖。

それは物騒《ぶっそう》なものだった。

その楚々《そそ》としてたおやかな外見とは違い、気性の激しいリアネージェは、自分の我儘《わがまま》が通らないとひどい癇癪《かんしゃく》を起こした。

高ぶった気分のまま、吐き出すのだ。

死んでしまえばいいのに……と。

子供の頃は、躾《しつけ》に厳しい養育係や教師たちに向けて、その言葉を吐いた。

長じてからは、自分以上に宮廷でもてはやされる姫たちを呪い、その言葉を吐いた。

十代半ばの頃などは、それは露骨《ろこつ》なものだった。

セネドラでは、寝る前に願い事を唱《とな》えながら枕を叩くと、それが叶うとされている。

リアネージェは、無邪気に枕を叩きながら、恐ろしい願いを唱えていた。

『明日の舞踏会で、あの子が階段から足を滑らし大怪我をしますように』

成人してからは、具体的な呪いは言葉にしなくなったが、目障《めざわ》りな者を排除したいと、無意識に呟いていることは頻繁《ひんぱん》だった。

女官長の口添えで、後宮に部屋を貰《もら》ったはいいものの、やはり黒獅子王はやってこない。

今日こそはと願い、それが虚《むな》しく潰《つい》える日々を重ねるうちに、リアネージュは無意識に口癖をつぶやくようになっていた。

『目障りな王妃なんて、死んでしまえばいいのに……』

シジュームも何度も耳にした。『いなくなってしまえばいい』『消えてなくなればいい』いくつかパターンがあったが、それは実行に移していいものではない。

それなのに。

侍女たちはそれをしたというのだ。

「私たちも、本当に殺そうと思ったわけではないんです。ただ、少し怪我でもして、また静養に出てくれればと。王妃様さえいなければ、黒獅子様も王女様の美貌に振り向くはずですもの……」

シジュームは、思わず頭を抱えていた。

毒に呻《うめ》いている間、黒獅子王がどのような言葉で王女を拒絶したかは、かいつまんでだが聞いている。

剣の指南《しなん》で、王妃の間に通ううち、二、三の侍女たちとは、親しく会話する間になっていた。

特に、王妃の側付きの筆頭、エリアは朗《ほが》らかで話好きな上、さりげない心配りができる娘だった。

名ばかりだと笑っていたが、男爵家《だんしゃく》の令嬢で、いずれは女官になりたいと願っている。黒獅子王や黒の騎士団団長が目をかけている様子から察するに、経験さえ積めば女官長も夢ではないだろう。

そのエリアから、詳しく話を聞いているので、王女つきの侍女の話と照らし合わせれば、大体の見当がつく。

黒獅子王カウルは、なにがあろうと王女の美貌に心動かされることはないだろう。

それが、シジュームの正直な感想だった。

黒獅子王が、王妃の側で心から寛《くつろ》いでいる様子は、垣間《かいま》見ただけの自分にも伝わってくる。

王妃は、高貴な血を引いているわけでもなければ、まばゆいほどの美貌の持ち主でもない。

だが、人を和《なご》ませる空気を常にまとっている。

人の話に真剣に耳を傾け、及ばぬながらもと、努力を惜しまない。

礼儀正しく、控えめで、愛らしい。

そして、なによりも印象的で素晴らしいのは、笑顔だ。

大きな声を立てて、楽しそうに笑うわけではない。

ただ、晴れやかに笑うのだ。

見ているだけで、自分の心の憂鬱《ゆううつ》も晴れていくような、笑顔。

シジュームにとって、その笑顔は、馴染《なじ》みのものだった。

まだ、四つか五つだった頃、後宮で見た笑顔。

籐《とう》の揺り籠《かご》のなかで無邪気に笑っていたのは、リアネージェと名づけられたばかりの赤子だった。

赤子とは思えぬほど色が白く、驚くほど顔が整っていた。

その可愛らしい顔に浮かべる笑顔は、清らかで愛くるしかった。

父親に、いずれおまえはこの姫君にお仕えするのだと聞かされて、どれほど嬉しかったことか。

あの笑顔を守るためならば、なんでもできると思っていた。

だが……。

どこでなにが間違ってしまったのだろう。

守りたいと願った無垢《むく》な笑顔は、どこかで失われていた。

宮廷で華やぐためならば、いくらでも美しく微笑むが、心から笑ったことはあるのだろうか。

あの、小さな王妃のように、幸せそうに笑うことはいまでもあるのだろうか。

自分が気づかないだけなのか。それとも、王女は幸せではないのだろうか。

シジュームにはもうわからなかった。

「その酔漢《すいかん》と、直接言葉を交わしたのは誰？」

「ミリエルです」

「顔は見られた?」

「それは大丈夫だと思います」

「手引きしたのは、前の女官長なのだな?」

「はい、私たち、彼女に従っていれば大丈夫だと思っていたのですが、黒獅子様のご命令で黒の騎士団が調べているそうで」

シジュームの顔が強張《こわば》る。

黒の騎士団といえば、シェリダンの指揮のもと、もっとも統率が取れている上、腕の立つことでも知られている。

彼らの組織力と、よく訓練された能力があれば、いずれすべては明らかにされることだろう。

どうすればいいのか。

シジュームは考えた。

リアネージェ王女に咎《とが》が及ばぬよう、どう対処すればよいのか。

「この件に関与したものは、何名だ?」

「私とミリエルの二人でございます」

「それだけだな? おまえたちが何かしでかしたのではないかと、疑う者は?」

「おりません。こちらの言葉をセネドラの言葉のように話せることが条件でしたから」

なるほどとシジュームはうなずいた。

リアネージュの侍女として今回同行するにあたって、大陸公用語を話せることが第一の条件だった。

そのなかでも、この二人は特に優れている。それもあって、窓口役として重宝《ちょうほう》されていた。

それが縁となって、女官長と謀議を交わすことになったのだろう。

「よいか、万が一のことがあっても、おまえたちはなにも知らぬ存ぜぬで通せ。よいな。剣に塗った毒、あれはどこにある?」

「誰にもわからない場所に捨てました」

証拠になるようなものは、何一つとして残してはならない。

「例の酔漢に飲ませたという薬は?」

「それは女官長が」

「わかった」

必要な情報をすべて聞き出すと、シジュームは目の前の侍女に重ねて言い聞かせた。

「おまえは、もう何も知らない。よいな。自分に言い聞かせるのだ。人の記憶とは不思議なもので、思い込めばそれが真実になる。おまえたちは、女官長と面識はあっても、個人的に親しくはなかった。よいな、それが真実だ。そう信じるのだ」

話を終えると、シジュームは考えた。だが、実際なにをどうすれば、それが最良の道なのかはわからなかった。

リアネージュの侍女が、罷免《ひめん》された女官長と結託し、王妃に害をなしたことが明らかになれば、主人である王女がその責任を免《まぬが》れるとは思えない。

王女がいくら泣き喚《わめ》こうと、事の次第が明かされる前に、この国を離れなくてはならない。説得をしている時間はない。

どうすれば……。

思い悩むシジュームの脳裏《のうり》に浮かんだのは、エンジュの笑顔だった。

あの方なら力を貸してくださる。

それは確信だった。

正直に……、いや、真実を告げるわけにはいかない。真実をひた隠し、それらしい偽《いつわ》りの理由をこしらえるのだ。

いや、偽りなどいらない。こう言えばいいのだ。

『このまま、この国にとどまっても、王女は幸せになれない』

それは紛《まぎ》れもない事実だ。

この城に到着したその日には、わかっていた事実。

私たちは皆、その事実から目を背《そむ》けてきた。

リアネージェ様ほどのお美しい方であれば、いずれ黒獅子王も虜《とりこ》になるはずと、漠然《ばくぜん》と信じてきた。

(私たちは、なんと愚かだったのだろう)

艶《あで》やかに咲く薔薇も、いつかは色褪《あ》せ枯《か》れてゆくもの。

リアネージェ様の類《たぐ》い稀《まれ》な美貌も、いつか衰《おとろ》える日がくる。

そのとき、なにをもってリアネージェ様は黒獅子王の心を引き止めるつもりだったのだろう。

お世継ぎか？　国母として敬われさえすれば、それでいいのか？

それが幸せか？

シジュームは泣きたくなってきた。

セネドラの後宮に、王の妻は片手では足りないほど存在する。子供もたくさん暮らしている。

だが、あそこには家庭はなかった。家族というものが存在しなかった。

リアネージェはまったく知らないのだ。

家庭というものも、家族というものも。

シジュームは、王妃の傍《かたわ》らにいることがなぜ居心地がよいのか理解した。

そこには懐かしい空気があった。

騎士として宮廷に伺候《しこう》するまで、自分を慈しみ育んでくれた、暖かい空気が存在していた。

王妃は、時間があると、自室の厨房《ちゅうぼう》でパンを焼き、スープを作る。

それを卑しいことと、リアネージェは鼻で笑った。

だが、シジュームは思い出す。パンの焼ける香ばしい匂い。母は、自ら手を汚すことはなかったが、料理番に楽しそうに指図していた。

使用人に声を荒らげたことのない母は、皆に慕われていた。誕生日になると侍女たちが、小さな花籠に野の花や香草をいっぱい詰めて運んできた。母は、それをどんなに喜んだろう。

シジュームは、目頭がじわりと熱くなってきたことに、閉口した。

聖母騎士団に入団を許された日から、泣いた記憶がない。可愛げのない娘だったと思う。だが、王女に仕えるためには、強くあらねばと、自分を律してきたつもりだ。

家を離れ、騎士団の寮に住まいを移す日、母はレースのポプリを手渡してくれた。

『汗臭《くさ》いと王女様に嫌われてしまうわよ』

主に後宮の護衛のために作られたのが、女だけの聖母騎士団だった。聖母に仕える身である。華やかな女らしさとは無縁であったが、清潔と貞節は守ることが義務付けられていた。

思えばおかしな話だ。

王の欲望に奉仕する目的の宮を守る騎士は、清純であらねばならない。だが、その歪《ゆが》んだ構造が、あのきらびやかな後宮を、意味あるものに変えていたのかもしれない。

シジュームは、いくら考えても整理のつかない頭を大きく振ると、すっと立ち上がった。

とにかく、リアネージェ王女を一刻も早く、この城から外へお連れしなければ。

そのために、王妃様にご助力を願い出よう。

腰から剣を外し、胴鎧も取り外す。

恭順《きようじゆん》の意思を示すため、寸鉄帯びぬ身でいかなければと、ひとつにくくっていた髪も解いた。

『シジュームの豪華な髪が好きよ。私の髪は、寂しい色だわ』

燦然《さんぜん》と輝く髪があまりに印象的で、リアネージェは白銀の王女と呼ばれていた。

だが、とうの本人は誰もが誉めそやす長く艶《つや》やかな髪を、寂しい色だと嫌っていた。

(おかしなものだ。今日は、なぜこんなにも昔のことばかり思い出すのだろう)

シジュームはそう一人ごちると、自室を後にした。

廊下には、焼き菓子とミルクの甘い香りが仄《ほの》かに漂っていた。これは王女の好物だった。

リアネージェは、ひどく気が塞《ふさ》ぐと、必ずと言っていいほど、これを食べたがった。

金色の蜂蜜《はちみつ》をたっぷりたらして、ゆっくりと楽しむのだ。

『蜂蜜は、太陽の光のようだと思わない？　太陽を食べるなんて、とても贅沢《ぜいたく》なことだと思うのよ。楽に元気になれるように思うの』

成人する前は、よくそんなことを口にしていた。

どうやら、蜂蜜の効能を思い出す程度には、回復したらしい。

シジュームは、忍び笑いを漏らすと、取り次ぎの間に入った。

ほとんど人など訪ねて来ないのに、当番の侍女が常に待機している。

「シジューム様、どちらへ?」

「馬の世話を忘れていた。厩舎《きゅうしゃ》に行ってくる」

「お気をつけて」

侍女が、扉を開けるため、金のドアノブに手をかける。まるでそれを待っていたかのように、トントンと向こうで誰かが扉を叩く。

シジュームも侍女も、あまりのタイミングのよさに、顔を見合わせて小さく噴き出していた。

「どちら様です?」侍女の誰何《すいか》に、返ってきた声は、シジュームにとって懐かしいものだった。

「聖母騎士団に所属する、オーパーリンと申します。シジューム副長にお会いするべく、セネドラよりまいりました」

シジュームの直属の部下であるオーパーリンは、休暇を利用しシジュームに会いにきたのだといった。

普段なら、自室に案内するところではあったが、リアネージェ王女が情緒不安定なこともあり、それは憚《はばか》られた。

シジュームは少し考え、庭園に部下を誘った。少し聞きたいこともあり、二人きりになりたかったのだ。

庭園の奥に、泉がある。半ば水に迫り出すように建つ、瀟洒《しょうしゃ》な東屋《あずまや》はシジュームのお気に入りの場所でもあった。

オーパーリンは、騎士団の近況を楽しげに話した。

話しながら、服の袷《あわせ》をその場で解き、縫いこまれてあった密書を取り出す。

シジュームは、オーパーリンの話に興じるふりで、さっと密書に目を通す。

一度読んだだけでは信じられなかった。

嘘で固めた笑顔のままで、何度も何度も目を走らせる。

何度読んでも、その内容は理解できなかった。

言葉の意味はわかる。だが、それがどのような行動を示唆《しさ》するのかがわからない。

「なぜ?」

シジュームは、瞳で尋ねた。

オーパーリンは、質問に答える前に、自分の指から指輪を抜いた。

「これを預かってまいりました」

シジュームは、その指輪が何なのか、説明を待つまでもなかった。

オニキスと象牙《ぞうげ》で、市松模様《いちまつもよう》が描かれている。その部分を親指の腹で、ゆっくりと押し下げ、右にずらし、更に押し上げると、小さな音がして、蓋《ふた》が動いた。オニキスと象牙で描かれた市松模様の板の下には、小指の爪《つめ》ほどの大きさの小さな空洞があった。

そこには、青い丸薬が三粒閉じ込められていた。

「素晴らしいプレゼントだ」

「ありがとうございます」

笑顔で交わされる、言葉と、言葉。

指輪の細工が素晴らしいのはたしかだ。だが、その中に隠されていた青い丸薬は、禍々《まがまが》しいものでしかない。

これは毒薬だった。

この一粒で、人ひとり殺せるほどの猛毒だった。

シジュームは、オーパーリンの瞳を見据え、ふたたび無言の問いを投げかける。

オーパーリンは、恥ずかしそうに俯《うつむ》いたあとで、シジュームの首に抱きついた。

もし、誰かがこの光景を目にしたら、再会を喜び合う恋人同士に見えたかもしれない。

だが、これはすべて演技である。聖母騎士団に、常に同性愛の噂が付きまとうのは、妙齢《みようれい》の女性が男装する違和感に起因するが、その噂を逆手にとって彼女たちも利用しているからでもあった。

シジュームが抱き返してやると、オーパーリンは彼女の耳元で、囁《ささや》いた。

「文書の内容は知らされていないため、お答えできません」

「セネドラに、なにかきな臭《くさ》い動きがあるのではないか？」

「戦の準備が着々と進んでいます」

「国王様は、王女についてなにか話されたことがあるか？」

オーパーリンは、少し身体を離し、シジュームの顔を見上げた。

一瞬、その面《おもて》に苦い感情が浮かんで消える。

「シジューム様」

オーパーリンは、小さく叫ぶとシジュームの胸にすがりついた。

「こちらの王妃が静養先から戻られたこと、カウル陛下が王妃と仲睦《なかむつ》まじいご様子、セネドラにも伝わっております。思惑が外れたと、大変ご立腹です」

「そうか……」

オーパーリンの話は、密書の内容が冗談ではないことを裏付けている。

「オーパーリン、会えて嬉しかったよ。いつ、セネドラに戻る？」

「今晩のうちに」

二人は、身体を離した。

「長の道中、気をつけてお帰り」

オーパーリンは、ひどく真面目《まじめ》な表情でうなずくと、シジュームをその場に残し去って行った。

シジュームは、もう一度密書に目を通すと、それを小さく丸めて飲み込んだ。

小さな紙の塊《かたまり》が、苦い毒のように思えてならなかった。

猛毒で知られた青い丸薬も、この紙の塊よりは甘いのではないだろうか。

「ぐぅっ」

シジュームは口元を押さえた。

たったいま飲み込んだ紙の塊が、激しい吐き気とともにせりあがってきた。

口の中に湧き出す唾液を必死の思いで嚥下《えんか》し、吐き気を押さえ込もうとシジュームは努力する。

吐き出すわけにはいかない。この密書はこうして葬《ほうむ》り去らねばならない。

ぽろぽろと生理的な涙が頬を伝う。

どうにか、吐き気がおさまると、シジュームは東屋の欄干《らんかん》に両手をつき、叫んだ。

「なぜっ!?」

たった三行の密書から、下された命令の背景まで推し量ることは、不可能だった。

なんの必要があって、自分はこんなことをしなければならないのか。

だが、心は決まっていた。

シジュームは、リアネージェに剣を捧げた騎士だ。

彼女のすべては、リアネージェを優先する。

彼女は常に、リアネージェのために命を捧げる。

騎士にとって、剣は生と死を司《つかさど》るもの。

剣を捧げるということは、命を捧げるということだ。

セネドラのうら若き女騎士は、東屋を後にした。

足取りはいつもと変わらずしっかりとしていたが、その瞳に、いつもの生気は失われていた。

虚ろな瞳は、なにも見ていない。

彼女は、深い絶望のなか、ただ機械的に足を動かしているに過ぎない。

その全身を支配し操るのは、腹に静めた紙の塊。

たった三行の命令が、彼女を動かしている。

いや、違う。

いまの彼女を動かしているのは、剣の誓い。

リアネージェの命を守るために、シジュームが取るべき道はひとつしかなかった。密書にはこう書かれていた。

帰還は認めず
障害は死をもって排除せよ
叶わぬ場合は、白の死による混乱を

リアネージェが、鳳凰城でどのような立場にあるか報告を受けた、セネドラの国王は帰還は認めないと言い切ったのだ。

王女が目的を達成するため、障害となるのは王妃である。

黒獅子王カウルは、王妃以外に目を向けようとはしないのだから。

つまり、エンジュの暗殺を命じているのである。

それが叶わぬ場合は、混乱を起こせと命じている。

——白の死。

リアネージェは、セネドラの宮廷で、白銀の王女、或《ある》いは白百合の姫と呼ばれていた。

『白』とは、リアネージェを意味する符丁《ふちょう》である。

シジュームに、リアネージェを殺せるはずがないのだ。剣を捧げた主人を、その手にかけることなどできようはずがない。

残された道は、ひとつ。

シジュームは、エンジュを求めて、城を目指し黙々と足を進めるのだった。

きゃぁぁぁぁぁぁぁぁ――――――――!!

悲鳴はひとつ。それは、秋の夕空を切り裂くような鋭いものだった。

「エンジュ!!」

鳳凰城の正面車寄せに馬車を立て、カウルはエンジュを待っていた。

この夜、二人は再建された王立歌劇場の柿落《こけらお》としに出席することになっていた。

カウルは、エンジュが美しく着飾るのも好きだった。

普段は、華美を嫌い、質素に、だが清潔に身なりを整えているエンジュが、羽化《うか》した蝶のように美しい衣装をまとい、軽やかに歩く姿を見るのが好きだった。

この日のためにあつらえたドレスは、風月《八月》に送った指輪にあわせ、赤いシフォン。

きつい色の衣装はいままで避けていたから、エンジュがどのように着こなしてくれるか、楽しみだった。

長い階段の上に姿を現したのは、赤い薔薇《ばら》を思わせる姿だった。

シフォンを何枚も重ねることで、動くたびに深みの違う赤が花びらのようにふわりと舞う。

淡い色合いの金の髪は、今日は結いあげずにふくらませ、流している。

思った以上に似合っていて、カウルは少し得意な気分だった。

わざわざ馬車から降りたのは、自分の手で馬車に乗るのを手伝ってやりたかったからだ。

「遅いぞ!」

声を張り上げたのは、気分が高揚しているからだ。

つい憎まれ口を叩くのは、性格だった。

だが、最近のエンジュは、それが照れ隠しだということを、わかってくれているようだ。

エリアが黒いケープを後ろからはおらせる。

エンジュが笑顔で振り返る。

その様子に目を奪われ、異変に気づくのが遅れた。

赤いドレスと、黒いケープ。その後ろに白い人影があった。

エンジュは、階段をすでに何段か下りていた。

白い人影がゆっくりと落ちる。

赤いドレスの裾《すそ》が、ふわりと舞い上がり、落ちた。

悲鳴。

エンジュの悲鳴。

赤い花びらが、散る。

大理石の階段の上で、二度、三度と叩きつけられ、落ちていく。

カウルは、走った。

呼吸を忘れて、石の階段を駆け上がる。

「エンジュ、エンジュ！」

気がつけば、カウルはエンジュの身体を抱きしめていた。

「エンジュ！」

狂ったようにその名を呼べば、睫《まつげ》が揺れ、薄く瞼《まぶた》があがる。

わずかな隙間《すきま》に覗く、空の青、森の緑。

「エンジュ、大丈夫か？　しっかりしろ」

「カウル様……、私……」

「階段から落ちただけだ。しっかりするんだ」

「カウル様、痛いの…」

「エンジュ、どうした？　どこが痛む」

「おな……か…が」

最後まで言い切ることなく、エンジュは力なく瞳を鎖《とざ》した。

4

セネドラの女騎士、シジュームが、なぜあの場に居合わせたのか、誰にもわからないことだった。

だが、目撃者の話を照らし合わせると、彼女はひどく顔色が悪く、正気を失っているように見えたという。

片時も手放さなかった剣もなく、いつもきちんとまとめていた髪も解かれていた。

それは、聖母に仕える騎士としては随分《ずいぶん》だらしのない姿だった。

彼女は、バルコニーに現れると、エンジュの姿を認めるなり、王妃様と繰り返し、近づいていったという。

警護の者もいたはずなのに、誰も動こうとはしなかったのは、シジュームに対する王妃の日頃の信頼を皆が知っていたからだろう。

それに、シジュームから危険な空気は感じられなかった。

殺気のようなものは、感じられなかったのだ。

だから、誰もが見逃してしまった。

シジュームは、「王妃様、王妃様」と繰り返しながら、右手を伸ばすと糸の切れた操り人形のように、唐突に力を失い、頽《くずお》れた。

白い軍服に包まれた身体は、階段を転げ落ち、エンジュの背後から突き飛ばす形になったのだ。

シジュームが、なにを求めていたのかは、永遠の謎となった。

彼女は、王妃と同じく長い階段を転げ落ち、人々が駆けつけたときはすでに事切れていた。

失われた命は、それだけではなかった。

まだ誰も、その存在に気づく前に、ひとつの命が生まれる前に永遠に失われた。

順調に育てば、惜しみない愛と喜びのなかで迎えられたであろう命。

エンジュは、初めての懐妊《かいにん》の喜びを味わう前に、その機会を永遠に失ったのだった。

「エンジュには、流産のことは教えるな」

カウルは血走った瞳で、吼《ほ》えるように命じるのだった。

エンジュの無事が確認されると、カウルはセネドラの王女とその侍女たちを、北の塔に幽閉《ゆうへい》した。

罪科は、王妃に対する暗殺未遂容疑。

シジュームの件は、問題にされなかった。

酔漢をつかっての襲撃と、毒を塗布した剣を稽古用の剣と取り替えた二件で、罪を問うには十分だった。

「私は潔白です。冤罪《えんざい》です。王妃暗殺など、私は存じ上げません。無実です」

セネドラの王女は、暗い北の塔で泣き喚《わめ》いたが、誰も耳を貸す者はいなかった。

剣に塗られていた毒から、その作り手を探し出し、その毒薬作りの女から前の女官長の召使に売ったことを洗い出したのだ。

その毒薬の瓶は、庭園の奥の泉で見つかった。

睡蓮《すいれん》に絡まっているのを見つけたのは、カウルだ。

この泉が、国王と王妃にとって、特別の場所だったことが、彼女たちにとって不幸といえた。

だが、事はこれだけでは終わらなかった。

セネドラの国王は、塔に幽閉《ゆうへい》された王女の返還を求めてきた。

カウルがこれに応じるはずがなかった。

だが、セネドラ国王は、それすら見越していたのだろう。

セネドラは、国境を越えて侵攻し、タリザンド領の一部地域を占領した。

タリザンド領は、エンジュの故郷である。

国境近い石切場で、金の鉱脈が発見されたのは、ごく最近のことだった。

「セネドラの狙いは、最初から金鉱だったんだな」

カウルが憎々しげに吐き捨てると、宰相はうなずいた。

「第八王女で陛下を懐柔《かいじゅう》できないと知り、強攻策にでたのでしょう」

シジュームが生きていたとしたら、彼女はこの状況をどんな思いで眺めたことだろう。

リアネージェは、たとえ幽閉されてはいても、生きている。

エンジュも、いまは憔悴《しょうすい》しているが、死にはしなかった。

そして、セネドラの国王は、タリザンド侵攻のよい口実を得ることができた。

誰も、シジュームの苦悩を知らない。知ることはない。

セネドラの女騎士の指には、中身のないからくり細工の指輪があったそうだ。

◇　◇　◇　◇　◇

朱雀《すざく》六年の夜月《十一月》。

黒獅子王カウルは、宮廷をウェスザンド領にある鶫城《つぐみ》に移した。

この地から、タリザンドの占領地域は、馬で半刻とかからない。

この城を拠点に、総力を挙げての全面対決をカウルは選んだ。

この決断の速さは特筆すべきものがあった。

通常、この時代の戦争は、冬は回避《かいひ》される。

特にタリザンドは雪深い地であり、狩月《十二月》には豪雪に埋もれる。

夜月のいまでさえ、雪は珍しいものではなかった。

本格的に雪が降り出す前に、タリザンドを取り戻すことを、カウルは選択したのだ。

セネドラ側は、万全の軍備を整え侵攻を開始した。が、タリザンド領を完全に支配維持するつもりはなかった。

一冬の間に、金を掘り尽くし、雪解けとともに手放す腹積もりだったのだ。

セネドラ国王の思惑は、またカウルによって覆《くつがえ》されたことになる。

戦いは、互角といえた。

青梟《あおふくろう》の乱から王位奪還の乱と、二度に渡る内乱で、内乱前と比べると軍の絶対数が不足していた。

だが、カウルの軍は、その機動性に優れ、カウルの手足のようによく働いた。

黒の獅子の紋章を掲げ、戦場を縦横無尽《じゅうおうむじん》に駆け回る彼らは、一騎当千《いっきとうせん》の兵であった。

堅牢《けんろう》な要塞でもある、鶫城は一気に慌《あわ》ただしくなった。

戦端《せんたん》が開かれると、城はたちまちのうちに病院の様相を呈してきた。

宮廷の女官や侍女たちは、にわか看護婦として、立ち働いた。

その陣頭に立ち指揮を取るのは、王妃であるエンジュの役目であった。

「王妃様、どうかご無理だけはなさらないでください」

エリアたちが、見るに見かねて進言するのを、エンジュは複雑な思いで聞いていた。

エリアたちは、王妃が流産したことを知らないでいると思っている。

だが、エンジュは知っていたのだ。

それなのに、知らぬふりを続けることは正直、辛《つら》かった。

だが、エンジュの心を思いやり、さりげなく気遣《きづか》ってくれる、周囲の人間にエンジュは素直に感謝した。

母になれなかった痛みと悲しみは、たしかにエンジュを苦しめた。

昔、叔母《おば》に叩かれたことや村人に投げかけられた冷たい言葉も、この痛みに比べれば、嘆くほどのものではなかったとエンジュは思う。

これほどの痛みと悲しみのなかでも、自分が笑っていられることが、不思議に思える。

だが、生きている限り、希望はあるはずだ。

気づかなければよかったと思うこともある。その反面、子の宿る可能性もあるのだと、知ることができただけ嬉しく思おうと、自分に言い聞かせもする。

誰かが話したわけではない。偶然耳に入ったわけでもない。

意識を失う寸前、差し込むような痛みを下腹部に感じたことを、エンジュは覚えていた。

そのとき、足を伝う生ぬるい感覚に、悪寒《おかん》が走ったことも。

それと、流産という言葉を結びつけたのは、夢だった。

エンジュは、階段から落ちた晩、夢を見たのだ。

夢の世界で、エンジュは緑の森に立ち、青い空を見上げていた。

天からは、白い羽が雪のように降ってくる。

それは、幻想的で美しい光景だった。

エンジュは、あたたかい羽に腰まで埋まり、しみじみとした気持ちで空ばかりを見上げていた。

どこか遠くで、可愛らしい声が囁《ささや》く。

――泣かないでね。きっと会えるから……。

それは、初めカウルの声のように思えて、エンジュはかえって悲しくなった。

泣かないでと言われたから、涙を堪《こら》えようとした。するとどうしても肩が震えてしまう。

その肩を大きな手が包んでくれた。

ふと、目をやれば、それは日に焼けた傷だらけの手だった。

カウルが誇りだといった、あの手だった。

振り返れば、カウルもまた空を見上げていた。

その姿勢で、彼は力強く言い放った。

「泣くな。エンジュが泣くと、俺はどうすればいいのかわからなくなる。また会える。今度は思いっきり抱いてやろう。俺の子だ。大丈夫、俺に似て辛抱《しんぼう》強いはずだし、諦《あきら》めが悪いはずだ。だから、もう一度戻ってくる。おまえのようにな」


それが夢のすべてだった。

わかりやすい夢だった。

エンジュは、隠れて何度も泣いた。

泣いて泣いて、そして待つことにした。

デセールザンドでも、そうやって三年を過ごしたのだ。

泣いて泣いて、諦めて。そして、そっと待ちつづけていたのだ。

カウルの訪れを。

自分でも気づかぬうちに、待ちつづけていたのだ。

だが、ときおり胸を締め付けられるような思いに、捕らわれる時はある。

それは、母として当然感じる痛みではないだろうか。

だから、エンジュは率先して働いた。

立ち働いているときだけは、悲しみを忘れることができる。

カウルの身を案じるあまり、叫びそうになるときも、働いていれば気がまぎれた。

王妃は、自ら進んで血で汚れた包帯を洗い、厨房《ちゅうぼう》でパンを焼いた。

怪我人に手当てをほどこし、あたたかい言葉をかけた。

神に祈り、人々を慰め、勝利を確信させた。

詩篇に謳《うた》われたような奇跡こそなかったが、王妃の姿は聖性の具現《ぐげん》だった。

質素な衣服に汚れたエプロンをつけてはいても、彼女の姿は常に気高く清楚《せいそ》だった。

『聖なる印』が、王妃を気高く見せるのではない。

気高い魂《たましい》の持ち主に、神が与えた印なのだ。

二色の瞳も、額の痣《あざ》も。

タリザンドに近いだけあって、この領地の人々も、エンジュの異相を初めは奇異な目で眺《なが》めていた。

それが、日を追って変わっていくのが、エンジュにも肌で感じられた。

それを、エンジュがどれほど嬉しく思ったことか。

開戦から十日を過ぎる頃、戦局は膠着《こうちゃく》状態に入った。

長引けば長引くほど、自軍が不利になるのは目に見えていた。

狩月に入り、雪にとざされる前に決着をつけなければならない。

カウルは、大胆な陽動《ようどう》作戦を敢行《かんこう》することを決定した。

カウル自ら率いる主要部隊を囮《おとり》にし、前線を石切場から離すだけ離し、敵の戦力が引き伸ばされ分断化した時点で、各個撃破の上、採石場を奪取するというものだった。

大きな賭けだった。

仕損じれば、撤退を余儀《よぎ》なくされる。

エンジュにとって不安だったのは、カウル自ら囮になることだった。

それは、妻として自然な感情だったろう。

だが、王妃として、やめてくれとは死んでも口にすることはできなかった。

「勝利を信じております」

笑顔で、送り出すことだけがエンジュにできることだった。

カウルは、唇の片端を引き上げて、にやりと笑った。

「馬鹿、無理する必要はない。泣きたければ泣いていいぞ。言いたいことがあればなんでも言え」

「でも……」

エンジュは必死で涙を堪える。

「私が泣くと、困るとおっしゃるじゃないですか」

「うん、そうだな。でも、まあ、慣れた。それに、おまえが悲しくて泣いていると、どうしていいかわからなくなるが、おまえが俺を思って泣く分にはいい。むしろいい気分だ」

「カウル様」

傲慢《ごうまん》で少々自分勝手なところは、相変わらずだった。

「必ず帰ってくる。信じて、待っていろ」

カウルは、エンジュの身体を固く抱きしめると、額の痣に口づけを落とした。

そのぬくもりを失いたくないと、エンジュは願った。その思いが言葉になる。

「カウル様」

「なんだ?」

「愛しています」

「俺もだ」

そして、戦いは始まった。

時間が進むにつれ、運びこまれる負傷者の数が目に見えて増えていく。

エンジュは、それがなにを意味するのか理解すると、耐えがたい不安を覚えた。

戦局は混乱し、苦戦しているに違いない。

叫びだしそうな不安の中、笑顔を作りつづけるのは忍耐のいることだった。

絶え間ない奉仕の最中、エンジュは何度神に祈ったことだろう。

夜になれば、戦いは終わる。

冬のこの時期、日没は早い。

決して口にしてはならないことだが、エンジュは何度も思った。

勝たなくてもいい、どうかご無事でお帰りください、と。

だが、その願いすら嘲笑《あざわら》うように、運命は過酷な現実をもたらす。

表で、人々がどよめく様子が、緊迫《きんぱく》した空気のなか伝わってきた。

こういう場合、名のある武人が運び込まれる場合が多い。

今日のどよめきは、いままでで初めて耳にするものだった。

いやな予感に震えながら、エンジュは大きく息を吸い呼吸を整えると、表に走っていった。

担架で運ばれてくる男の顔は、よく見知ったものだ。

「シェリダン！」

カウルの腹心、無二の親友、騎士のなかの騎士、聖十字星章の騎士が、瀕死《ひんし》の重傷を負い、運び込まれてきたのだ。

「ああ!」

エンジュは、我を忘れて叫んでいた。

シェリダンは、戦闘中、常にカウルの左を守る。

そのシェリダンが、これほどの怪我を負っているのだ。

カウルの身は無事なのだろうか。

それだけじゃない。

エンジュは、全身に寒気を覚えた。

おそらく、カウルは見たはずだ。

いつものように、二人が近くで戦っていたのなら、シェリダンが倒れた様を見たはずだ。

「陛下は?」

エンジュは、シェリダンを運んできた兵卒に問い質《ただ》した。

「王妃様、ご安心ください。陛下はご無事です。作戦は成功し、戦局は終息に向かっています」

「陛下は、ご無事なのね」

「はい、シェリダン卿《きょう》の止血をなさったのは、陛下です」

「ありがとう」

エンジュは、いま自分がなにを為すべきか、誰よりもよく知っていた。

(急がなければ――――)

カウルがもっとも恐れるものを、エンジュは誰よりもわかっていた。

(今頃、カウル様は不安を覚えていらっしゃるはず)

身内の死を恐れる心は、いまもきっと変わっていないはずだ。

(シェリダン様の身を案じ、必死に自分を抑えていらっしゃるはず)

エンジュは表へ駆け出していた。

戦いが終息に向かったことが報じられ、先程まで鶫城を支配していた緊迫した空気が、幾分《いくぶん》和んでいた。

城の前の広場で、エンジュは声を張り上げた。

「誰か、私に馬を!」

その異相から、王妃が叫んでいると気づいた兵たちは、一様に驚いてみせる。

「王妃様、どちらへ!?」

青いマントの騎士が、慌てて近づいてくる。

「その剣と、馬を貸しなさい」

「王妃様! 落ち着いてください!! 戦いは終わりつつあるとはいえ、遁走《とんそう》する敵兵がどこに潜んでいるやもしれません。ここは陛下のお帰りを城でお待ちください」

エンジュは、咄嗟《とっさ》に天を仰ぐと、心のなかで神に謝罪した。

(神様、神様、どうかお許しください。いま、私はあなた様の名を騙《かた》り、嘘をつこうとしております。どうか、いまだけはお見逃しください)

エンジュは、青いマントの騎士をきっと睨《にら》み据《す》え、澄んだよく通る声を響かせた。

「神様のお言葉を聞きました。陛下が私を呼んでおります。聖なる印が、私を導いてくれるでしょう。早く、私に馬を！」

間違いなく、この時この場を支配していたのは、エンジュだった。

辺境の村で、人の視線に怯《おび》え、いつも俯《うつむ》いていた小さな少女が、いま堂々と顔を上げ、人の視線のなか凛《りん》と立っている。

「王妃様」

白いマントの騎士が、馬の手綱《たづな》を手に近づいてきた。

「どうぞ、十分休ませてありますので、急がせても心配ありません」

「ありがとう」

エンジュは、騎士に視線をやり、驚きに目を瞠《みひら》いた。

「タスクにい……」

だが、若い騎士はそれ以上言わせなかった。

「王妃様！　どうか、この剣をお使いください」

それは、故郷のあたたかな想い出のひとつ。

辛い日々のなか、優しく接してくれた、エンジュの従兄《いとこ》。

タスクは、エンジュの剣帯をかけながら、小声で囁《ささや》いた。

「幸せなんだね」エンジュは、答える。

「幸せです」

その短い会話で、二人の思いは伝わる。

エンジュは、馬の腹を蹴ると、勢いよく走り出した。


どこをどう走ったのか、覚えていない。

エンジュが女と見て、襲い掛かろうとする敗残兵もいた。だが、エンジュが気迫のこもった声で「おどきなさい」と命じるだけで、彼らは素直に道を空けた。

一度だけ、馬を失った敵の騎士と、剣を切り結ぶ場面もあったが、エンジュは力任せに剣を振るい、駆け抜けた。

「卑怯《ひきょう》者！」

背後で、怒声が聞こえたが、立ち止まるわけにはいかなかった。

真面目《まじめ》に斬りあって、勝てるはずがない。

迷うことはなかった。

『聖なる印』が導くと、エンジュは高らかに宣言したが、それはでまかせにしか過ぎなかったはずだ。

だが、なんらかの力が働いているとしか思えなかった。

エンジュは、暮れなずむ空を背に、夜に向かって馬を走らせた。

半刻もせずに、野営地を見つけた。

だが、ここにカウルがいないことが察せられた。

エンジュが馬を停めたのは、三つ目に見つけた野営地だった。

簡易テントが無数に並ぶそのなか、エンジュは迷わずカウルのテントを見つけることができた。

「王妃様!?」

歩哨《ほしよう》が、思いがけない人物を認め、ぽかんと口を開く。

「陛下は?」

「つい先程、泉に行くとおっしゃって……、王妃様!?」

不思議なことに、泉の場所は聞かなくてもわかるような気がした。

エンジュは、たしかに大いなる力に導かれていたに違いない。

胸にある思いは、ただ一つ。

――カウル様を一人にしてはいけない。

誰が知るだろう。あの勇猛《ゆうもう》で知られた若き国王の心に巣食《すく》う、孤独を。

それを知り、癒《い》やすことができるのは、エンジュだけだ。

泉はすぐに見つかった。

野営地からほんの少し下ると、どこか甘い水の匂いがする。

カウルは、泉のほとりにうずくまっていた。息を切らすエンジュの目に映るのは、黒い塊《かたまり》でしかなかったが、それがカウルだということも、彼が何をしているかも、すぐに理解できた。

泉の清らかな水に、願いをかけているのだ。祈りを捧げているのだ。

その願いは、問うまでもない。――シェリダンの命。

エンジュは、カウルの祈りを妨《さまた》げることを恐れ、歩をゆるめた。

静かに近づくうちに、闇に目が慣れてくる。

星明りが辺りを照らす。そのなか、エンジュは、不思議な光を見た。

それは、泉の向こう側。

一瞬の銀の輝き。

「カウルさまっ!!」

エンジュの本能が、叫んでいた。

カウルは、さぞかし驚いたことだろう。戦場で、愛する妻の声を耳にしたのだから。

黒の獅子王はエンジュの叫びに振り返り、「なぜ？」と疑問を口にしようとした。

が――――。

空気を切る音が耳元で聞こえ、その視界を切り裂くように、地面に矢が突き刺さる。

「カウル様、危ない！」

だが、幾多《いくた》の戦いを勝ち抜いてきた男は、すでに自分を取り戻していた。

「エンジュ、伏せるんだっ！」

地面を転がるようにして、カウルはエンジュのもとにやってくると、その細い身体を引き倒し、抱きこむ。

エンジュは、カウルの腕のなかで、矢が地面に突き刺さる音を聞いた。

だが、その音も絶叫とともに、やんだ。

王妃の後を追ってきた歩哨《ほしょう》が、敗残兵の襲撃に気づき、手にしていた槍《やり》を投げたのだ。

敵兵の不幸は、その歩哨が槍の名手だったことだろう。

危険が去ると、カウルはエンジュを助け起こし、少しきつい口調で詰った。

「なぜきた!?」

「お会いしたくてまいりました」

「馬鹿、危ない真似《まね》をするな……俺を、これ以上不安にさせないでく……」

最後まで言葉を結ぶことなく、カウルはエンジュにしがみついた。

「カウル様、シェリダン様は生きていらっしゃいます」

「……嘘だ」

「ひどいお怪我ではございますが、必ず回復なさいます」

「嘘だ、気休めを言うな」

「あの方が、カウル様を置いていくはずがございません。どうぞ、聖なる印を持つ乙女の言葉を信じてくださいませ」

「エンジュ……」

エンジュは、カウルの身体を力いっぱい抱きしめた。

いつも自分が不安なとき、カウルがそうしてくれるように。

襲撃を知り、周囲が騒々しくなっても、二人は固く抱き合っていた。

この場に居合わせた多くの兵が、「聖痕《せいこん》の乙女の奇跡」の語り部となるのは、後の話である。


エンジュは、夜空を見上げる。

降るような満点の星は、夢に見た白い羽を思わせる。

声を殺して泣くカウルの背中を撫《な》でながら、エンジュもまた泣いた。

だが、その涙はけして悲しいだけのものではなかった。


黒獅子王が世継ぎを腕に抱いたのは、朱雀七年のことだった。

授かった赤子は、男女の双子《ふたご》。

黒獅子王は、男の子にカシミールと名づけ、女の子はアリシアと名づけた。

まだ目も開かない双子に、王は話しかける。

「俺はおまえたちをいつも笑わせてやろう。おまえたちに幸せを教えてやろう。美しいものをたくさん見せてやろう」

王妃は、その傍《かたわ》らで優しく微笑《ほほえ》む。

彼女は知っている。国王の言葉に嘘がないことを。

初めてであった薔薇《ばら》園で、彼女も同じ言葉を聞いたのだから。


――それは、確かな約束だった。

あとがき

「銀朱の花II　空の青　森の緑」を、お届けします。

エンジュの物語は、これでようやく完結しました。

今回も、様々な出来事がエンジュを悩ませはしましたが、本当の意味で彼女を苦しめることはなかったと思います。

ただ、たった一つの出来事だけは、一生エンジュを哀《かな》しませることでしょう。

でも、エンジュは、それを乗り越えられるだけ強くなったと思いますし、その傍《かたわ》らで常に支えてくれる存在がいます。だから、きっと大丈夫。

痛みを忘れて生きる選択もあれば、痛みとともに生きていく選択もあります。

エンジュが選ぶのは、おそらく後者ではないでしょうか。

書き終えて願うのは、エンジュの幸せだけです（エンジュが幸せだと、カウルも幸せだし）。

書いている最中、自分でも呆《あき》れたのは、カウル君の変貌《へんぼう》でした。

言葉を惜《お》しまなくなった黒獅子《くろじし》君は、ただのヘタレ男でした。

私は、どうもラブシーンを書くのが苦手なのですが、今回一年分は書いたように思います。

濃厚なものではないのですが、書いていて妙に照れくさいのはなぜでしょう。

読んだ方が、少しでも幸せな気分を味わっていただけたら、嬉《うれ》しいです。

前巻の、麦月《むぎつき》、朔《ついたち》の晩の出来事は、一部の読者の方には衝撃だったようです。

わかります。私も史実にあることをはじめて知ったときは、驚きましたもの。

ひとつ心残りがあるとすれば、セネドラの女騎士、シジューム嬢を幸せにできなかったことでしょうか。

当初の予定では、腹黒い人物を想定していたのですが、書き進むうちに彼女は高潔で立派な人物に、私のなかで育ってしまいました。

彼女の名前は、洋蘭のシンビジュームに水をあげているとき、浮かびました。

今後の予定ですが、あまり間をおかず、『砂漠の花』をお届けしようと思っています。

それと同時に、また書きたい話ができてしまって、どう時間を遣《や》り繰《く》りしようかと思案しています。

年賀状、感想のお手紙もいつもありがとうございます。

――それでは、次の文庫でまたお会いしましょう。

金蓮花

きんれんか

３月20日、東京生まれ東京育ちの在日朝鮮人三世。魚座のＡＢ型。朝鮮大学師範教育学部美術科卒業。1994年５月『銀葉亭茶話』で第23回コバルト・ノベル大賞受賞。コバルト文庫に〈銀葉亭茶話〉、〈水の都〉、〈月の系譜〉、〈竜の眠る海〉、〈櫻の系譜〉の各シリーズの他、『シンデレラは床みがき』『プリズムのseason』『砂漠の花』『銀朱の花』がある。最近のお気に入りはクラシックバレエ鑑賞。アダム・クーパーに来日して欲しいな。

銀朱の花Ⅱ
空の青 森の緑

COBALT-SERIES

2004年３月10日　第１刷発行

★定価はカバーに表示してあります

著　者　金　蓮　花
発行者　谷　山　尚　義
発行所　株式会社　集　英　社

〒101－8050
東京都千代田区一ツ橋２－５－10
(3230) ６２６８（編集）
電話　東京　(3230) ６３９３（販売）
(3230) ６０８０（制作）

印刷所　株式会社美松堂
中央精版印刷株式会社

ISBN4-08-600387-2　C0193